Melhores Contos

EÇA DE QUEIRÓS

Direção de Edla van Steen

Melhores Contos

EÇA DE QUEIRÓS

Seleção de
José Maurício Gomes de Almeida

São Paulo
2015

6ª Edição, Global Editora, São Paulo 2015

Jefferson L. Alves – diretor editorial
Gustavo Henrique Tuna – editor assistente
Flávio Samuel – gerente de produção
Flavia Baggio – coordenadora editorial
Elisa Andrade Buzzo – revisão
Eduardo Okuno – projeto grafico
davidelliottphotos/Shutterstock – foto de capa

Obra atualizada conforme o
NOVO ACORDO ORTOGRÁFICO DA LÍNGUA PORTUGUESA.

CIP-BRASIL. CATALOGAÇÃO NA FONTE
SINDICATO NACIONAL DOS EDITORES DE LIVROS, RJ

Q41m
   Queirós, Eça de, 1845-1900
    Melhores contos Eça de Queirós / Eça de Queirós ; seleção de José Maurício Gomes de Almeida, direção de Edla van Steen. – [6. ed.] – São Paulo : Global, 2015.

   ISBN 978-85-260-2113-6

   1. Conto português. I. Título.

14-15321
                               CDD: 869.3
                               CDU: 821.134.3-3

Direitos Reservados

global editora e distribuidor ltda.
Rua Pirapitingui, 111 – Liberdade
CEP 01508-020 – São Paulo – SP
Tel.: (11) 3277-7999 – Fax: (11) 3277-8141
e-mail: global@globaleditora.com.br
www.globaleditora.com.br

Colabore com a produção científica e cultural.
Proibida a reprodução total ou parcial desta obra
sem a autorização do editor.

Nº de Catálogo: **3251**

José Maurício Gomes de Almeida, carioca, nascido em 1941, é Doutor em Letras e foi professor de Literatura Brasileira na Faculdade de Letras da Universidade Federal do Rio de Janeiro (UFRJ). Especialista na narrativa brasileira, mormente na linha do regionalismo, é autor de *A tradição regionalista no romance brasileiro (1857-1945)*, estudo sobre as transformações da ficção regionalista brasileira do romantismo à geração de 30. Publicou recentemente *Machado, Rosa & cia.: ensaios sobre literatura e cultura*, prêmio de ensaio da Academia Brasileira de Letras (ABL) em 2009. No campo da Literatura Portuguesa, dedica um interesse particular à obra de Eça de Queirós e suas relações com a narrativa nacional.

SUMÁRIO

Vida e obra de Eça de Queirós: uma apresentação..................8

Prosas bárbaras

Memórias de uma forca..........................20

Contos

Singularidades de uma rapariga loura......................28

O suave milagre 51

Civilização.................59

O defunto..................81

A perfeição...................107

José Matias 123

Cronologia..................144

Bibliografia 148

VIDA E OBRA DE EÇA DE QUEIRÓS: UMA APRESENTAÇÃO[1]

Eça de Queirós nasceu em 1845, em Póvoa do Varzim, pequeno vilarejo da região do Minho, no norte de Portugal. Como a mãe era solteira (só quatro anos depois, após a morte da avó materna, os pais de Eça se casariam), e não podia assumi-lo, o menino foi educado pelos avós paternos, no Porto. Nesta cidade fez os primeiros estudos, tendo sido aluno de francês de Ramalho Ortigão, nove anos mais velho, de quem mais tarde se tornaria grande amigo e colaborador.

Em 1861 vai estudar em Coimbra, onde se mostra aluno aplicado e ávido leitor dos grandes mestres estrangeiros da época romântica: Balzac, Nerval, Hugo, Proudhon, Heine. A velha universidade vivia então um momento de grande efervescência renovadora, sob o influxo das novas ideias filosóficas e literárias originárias da França e da Alemanha, como o socialismo, o positivismo, o realismo. Eça, embora envolvido pelo ambiente de agitação estudantil, nunca chegou a pertencer ao grupo propriamente rebelde, liderado por figuras como Antero de Quental e Teófilo Braga. Assim, não teve participação direta na célebre polêmica do "Bom senso e bom gosto", que em 1865 opôs Antero, como defensor do ideário novo, ao velho poeta romântico António Feliciano de Castilho. A polêmica representou o choque de duas gerações literárias: o romantismo agonizante e o realismo nascente. Eça manteve-se à margem e, no ano seguinte, tendo concluído o seu bacharelado e recebido o diploma, seguiu para Lisboa, onde passou a viver pela primeira vez na companhia dos pais e irmãos.

Aos vinte anos, em 1866, estreia nas letras, na *Gazeta de Portugal*, com uma série de artigos e pequenas narrativas, numa prosa fortemente imagística, com toques de fantástico, que seduziram e desconcertaram o público (publicados postumamente sob o título sugestivo de *Prosas bárbaras*). A presença do jornalismo no início de sua carreira faz-se ainda mais sensível

---

[1] No tocante às informações de ordem biográfica, queremos registrar nossa dívida à obra altamente documentada de Maria Filomena Mónica: *Vida e obra de José Maria Eça de Queirós*. Rio de Janeiro: Record, 2001. (N. Sel.)

quando, em fins desse mesmo ano, Eça se estabelece em Évora, para dirigir um jornal político a ser ali fundado. Sua permanência na cidade alentejana, porém, é curta: meses depois retorna a Lisboa e, em 1869, realiza uma viagem ao Egito e à Palestina, por ocasião das comemorações da abertura do Canal de Suez. A estada no Oriente vai contribuir de modo expressivo na formação do escritor, seja pelos artigos que publica na imprensa relatando a visita, seja por um certo fascínio que o mundo oriental deixa em seu imaginário e que vai aflorar em alguns momentos da obra futura.

De volta a Lisboa, decide-se a ingressar na carreira consular. Como para tanto eram exigidos pelo menos seis meses de experiência em uma função pública, Eça consegue ser nomeado, em 1870, administrador do conselho da cidade de Leiria. A experiência da vida estreita e sufocante no pequeno burgo (de cerca de três mil habitantes) vai servir mais tarde de matéria-prima para o seu primeiro grande romance, *O crime do Padre Amaro*.

Entre 1870 e 1872 (ano em que o escritor, tendo conseguido ingressar na carreira consular, parte para o seu primeiro posto, em Havana), estreitam-se as suas relações com Ramalho Ortigão, em parceria com o qual publica, em folhetins, uma narrativa de tipo policial, *O mistério da estrada de Sintra*, e depois, a partir de junho de 1871 até sua partida para Cuba em novembro de 72, uma série de opúsculos satíricos com o título instigante e revelador de *As farpas*. Neles o escritor fustiga a realidade cultural e política do país com tal verve e contundência que acaba tornando-se um jornalista conhecido e temido no meio lisboeta. *As farpas* revelam de modo eloquente o potencial satírico da prosa eciana, mais tarde utilizado magistralmente nos grandes romances da fase realista.

Ainda nesse período, em meados de 1871, têm lugar em Lisboa as célebres Conferências Democráticas, realizadas no Cassino Lisbonense, interrompidas a certa altura por proibição do governo. A ideia da jovem geração era a de promover uma atualização da cultura portuguesa frente ao restante da Europa. Os temas eram os mais variados: história, educação, política, literatura, entre outros. A Eça coube falar sobre "O Realismo como Nova Expressão da Arte". A essa altura ele já havia descoberto Flaubert, que seguirá sendo sempre o seu maior entusiasmo entre os escritores contemporâneos e a influência mais marcante na fase decisiva de sua criação ficcional.

A conferência pronunciada no Cassino pode ser vista como um marco expressivo na trajetória eciana, por representar a adesão pública e explícita do autor à estética realista, cujos princípios encontram-se na raiz dos seus maiores romances.

Em 1872, como vimos, o recém-nomeado cônsul assume seu primeiro posto, em Havana. A permanência ali não foi longa – menos de dois anos – e o evento mais marcante dessa etapa constituiu uma longa viagem, de cinco meses, aos Estados Unidos, permitindo-lhe conhecer toda uma realidade para ele inédita e desconcertante. Sua reação a esse novo mundo é marcada pela ambiguidade. Assim, escrevendo ao amigo Ramalho Ortigão, e comentando Nova York, confessa: "é uma cidade que em parte amo e em parte detesto". A admiração pelas grandes realizações dos americanos vem mesclada à reação negativa do europeu, herdeiro de séculos de cultura, frente àquele mundo novo, pragmático, pouco respeitoso das velhas tradições, e sentido, de certa maneira, como "bárbaro". Literariamente, a permanência de Eça como cônsul em Havana foi pouco produtiva, mas lhe rendeu pelo menos um grande conto, "Singularidades de uma rapariga loura", seu primeiro texto realista, publicado em Lisboa, em 1874.

Neste ano Eça é transferido para Newcastle, cidade portuária do norte da Inglaterra, importante comercialmente, mas sombria e pouco atraente em termos culturais, onde permanecerá por cerca de quatro anos. Contudo, ao contrário da fase cubana, os anos de Newcastle serão extremamente fecundos: lá ele escreve *O crime do Padre Amaro* e *O primo Basílio*.

O primeiro desses romances foi publicado inicialmente, sob a forma de folhetins, em Lisboa, na *Revista Ocidental*, em 1875. Descontente com o texto da revista, Eça edita em 1876 uma nova versão, em livro, totalmente revista e ampliada. Talvez pela ousadia do tema, talvez pelo caráter sufocante e opressivo do meio social retratado, talvez ainda pelo caráter revolucionário do realismo da narrativa, o fato é que a obra não teve o sucesso esperado. Em 1880 Eça publicará uma terceira versão, ainda mais desenvolvida e estilisticamente depurada, que é a que hoje circula como edição definitiva. *O crime do Padre Amaro* representa uma crítica contundente à mediocridade e à hipocrisia da vida nas pequenas cidades provincianas e, num sentido mais amplo, um questionamento implacável dos valores sobre os quais se estava a cultura portuguesa da época. Como realização literária inaugura a série dos grandes romances realistas que situarão o autor numa posição de destaque na ficção europeia da segunda metade do século XIX, na linhagem de escritores como Flaubert e Zola.

O romance seguinte, *O primo Basílio*, ao contrário do primeiro, obteve, desde o seu lançamento, em fevereiro de 1878, um enorme sucesso. Tal sucesso pode ser creditado, de um lado, ao fato de o meio social em que se desenvolve a ação, a pequena-burguesia lisboeta contemporânea, ser muito mais familiar à maioria dos seus leitores do que o da obra precedente; por outro lado, é inegável que a trama narrativa do novo livro, com seu toque bem dosado de um suspense quase policial, torna-o muito mais envolvente.

Do ângulo das influências literárias, *O primo Basílio* assinala, de forma nítida, a crescente proximidade de Eça com relação a Flaubert. O tema da insatisfação afetiva da mulher burguesa, como fruto de uma educação inadequada e de leituras romanescas que projetam falsos padrões de expectativa em relação à vida, é certamente análogo ao de *Madame Bovary* (1857), embora na obra flaubertiana ele tenha recebido um desenvolvimento psicológico mais extenso e detalhado. A razão se encontra, possivelmente, no fato de que no livro de Eça a ênfase se situa menos no perfil moral da heroína, Luísa, do que em um retrato crítico do meio social no qual ela se movimenta. Como em Flaubert, o espaço narrativo se constrói sob a forma de um permanente contraponto entre o drama da personagem central e o retrato da sociedade, mas em Eça tal retrato assume o primeiro plano. Neste sentido, a trajetória da protagonista funciona como um fio unificador que torna possível a realização de uma pintura satírica da pequena-burguesia lisboeta. Pintura esta que o autor soube construir com tal mestria que *O primo Basílio* permanece até hoje sua obra mais popular.

Em 1878, estando Eça já suficientemente saturado de Newcastle, obtém finalmente transferência para Bristol, cidade do sudeste da Inglaterra, bem mais amena e acolhedora do que a rude Newcastle. Lá se instala em 1879 e permanece até 1888. É um período particularmente feliz e fecundo de sua vida. Em Bristol o autor vai escrever, entre outros livros, a sua obra-prima, *Os Maias*. É também ali, já no final da estada, que Eça, cuja vida sentimental se limitara até então a aventuras passageiras (bastante numerosas, aliás...), resolve finalmente casar-se. A noiva, Emília Resende, irmã de um amigo de mocidade, pertencia a uma família ligada à aristocracia portuguesa. O casamento, que se consuma em fevereiro de 1886, e do qual resultarão quatro filhos, perdurará até a morte do escritor, em 1900. Há quem atribua ao casamento aristocrático a postura mais conservadora e a atenuação do enfoque crítico na parte final da obra eciana. Conquanto seu novo posicionamento social possa ter contribuído para essa atitude, os caminhos da criação resultam de fatores tão múltiplos e psicologicamente imponderáveis que tais correlações deterministas acabam implicando uma visão ideológica redutora e preconcebida.

No fecundo período em que exerceu o cargo de cônsul de Portugal em Bristol (sem contar obras deixadas inacabadas e que foram publicadas postumamente, como *A capital*, *O Conde de Abranhos* e *Alves & Cia.*), Eça escreveu e publicou *O mandarim* (1880), novela que mistura elementos fantásticos a uma fábula moral, além de dois alentados romances, *A relíquia* (1887) e *Os Maias* (1888).

A relíquia, obra na qual se faz mais presente a experiência da viagem de Eça ao Oriente, não se realiza plenamente como criação romanesca, pois nela o autor tenta combinar dois tipos de narrativa de natureza tão diversa, que não chegam verdadeiramente a compor um todo integrado: de um lado uma sátira realista e irreverente à beatice estulta e à hipocrisia religiosa; de outro, uma longa fantasia histórica (sob a forma de um sonho do protagonista) que busca reconstituir a vida na Jerusalém bíblica e apresentar um relato desmitificado da Paixão de Cristo. Contudo, não apenas no teor, como no estilo, as duas propostas são por demais contrastantes para se harmonizarem, e o romance revela-se algo desequilibrado.

Já em *Os Maias* reencontramos o Eça realista em sua melhor forma. Se n'*O primo Basílio* ele focalizava a pequena burguesia lisboeta, no novo romance aborda o universo da classe alta, aristocratas e ricos burgueses. Diversamente, contudo, do que ocorria naquela obra, nesta existe uma inequívoca relação de empatia entre o criador e os dois personagens centrais masculinos, Carlos da Maia, o protagonista, e seu amigo, João da Ega. É a partir sobretudo da ótica deles que se projeta a visão crítica que o autor nos propõe. Na verdade, o livro ajusta com mestria três linhas narrativas: um romance de formação, focado nos dois personagens referidos; um drama familiar e afetivo, e, por trás e na base de toda a trama, um notável painel crítico da realidade portuguesa em seus múltiplos aspectos: a vida cultural, a vida social e a vida política.

Também como no caso de *O primo Basílio*, a sombra de Flaubert paira sobre o novo livro: agora, é com *A educação sentimental* (1869) que a criação eciana apresenta analogias: tanto enquanto romance de formação, expressão do desencanto e da perda das ilusões dos jovens protagonistas, como enquanto painel crítico da sociedade. Evidentemente o mundo português retratado por Eça, estagnado e sem horizontes, é bem diverso daquele que aparece na obra de Flaubert, cuja ação se passa nos anos agitados que precedem, na França, a revolução de 1848. Também a ótica satírica, tipicamente eciana, é bem diversa do enfoque mais objetivo de Flaubert, mas, ainda assim, o parentesco permanece visível entre os dois grandes livros. Em sua época, contudo, ambos foram recebidos com reservas e frieza pelo público e pela crítica: basta ver que a segunda edição de *Os Maias* só veio a lume em 1904!

Em agosto de 1888, poucos meses após a publicação do volume, Eça consegue ser nomeado cônsul em Paris, e para lá logo se transfere. Até o final da vida o escritor permanecerá nesse posto, vindo a falecer em sua casa em Neuilly, em agosto de 1900, sem nunca, desde que ingressara na carreira consular, em 1872, ter voltado a morar em Portugal. Visitava a sua terra de tempos em tempos, por períodos mais ou menos prolongados, mas a residência foi sempre no exterior.

A fase final de sua trajetória criativa, já casado, coincide com os anos parisienses, e deixa perceber, como acima aludimos, um certo abrandamento do enfoque crítico com relação ao seu país. Sem descartar a influência que a ascensão social trazida pelo casamento possa ter tido nessa nova atitude, convém também ressaltar o efeito sobre o escritor da onda nacionalista provocada em Portugal pelo Ultimato Inglês (1890), que impôs a retirada dos portugueses de toda uma área do continente africano em que as pretensões coloniais lusitanas iam de encontro aos interesses britânicos. Sem meios para resistir, o governo luso teve de se curvar às exigências. O fato feriu profundamente a autoestima nacional. Eça escreveu para a *Revista de Portugal* vários textos sobre o tema, deixando nítido o quanto o problema mexeu-lhe com os brios, contribuindo, provavelmente, para revivificar o seu sentimento afetivo pela terra natal.

Quaisquer que tenham sido as razões subjacentes, a fase final da trajetória criativa do escritor, de par com a atenuação da proposta crítica, revela uma crescente preocupação com o refinamento da linguagem. Ainda aqui, o exemplo de Flaubert, com seu desejo obsessivo de perfeição estilística, pode ter dado sua contribuição. Convém ressaltar, todavia, que as aproximações que vimos fazendo entre Eça e Flaubert não têm qualquer conotação de dependência, mas, como via de regra ocorre com as influências literárias, resultam de afinidades eletivas, de uma profunda sintonia entre duas personalidades artísticas afins. Nesses anos derradeiros, reprimido talvez pela própria autoexigência perfeccionista, ou condicionado por circunstâncias menos claramente definíveis, o fato é que o escritor manifesta crescente dificuldade em terminar suas obras. Surpreendentemente, *Os Maias*, de 1888, vão constituir não só a culminação do período realista de sua criação, como o último romance que o autor chegará a completar e a editar. Os dois seguintes, *A ilustre casa de Ramires* e *A cidade e as serras*, deixados inacabados, são de publicação póstuma (1900 e 1901, respectivamente) e sofreram a interferência (maior ou menor) dos revisores. No caso sobretudo do segundo destes romances, revisto (e completado?) por Ramalho Ortigão, as liberdades tomadas, mormente na parte relativa às serras, podem ter sido bastante amplas.

Em *A ilustre casa de Ramires*, em vez da crítica social mais ou menos explícita que desenvolvera nos romances anteriores, Eça vai-se valer de uma estratégia indireta e extremamente sutil para questionar o Portugal contemporâneo: um fidalgo, descendente da mais antiga nobreza do reino, põe-se a escrever uma novela histórica em que relata os feitos de ascendente ilustre, dos tempos medievais. A visada crítica se articula pelo contraponto irônico que a narrativa estabelece entre os feitos heroicos do façanhudo antepassado, ditados todos por um sentimento extremado de honra, e as atitudes oportunistas, covardes e de todo incompatíveis com qualquer noção mais exigente de honradez, que pratica o seu descendente moderno. Entretanto, percebe-se também na narrativa a preocupação de atenuar moralmente as fraquezas do protagonista com as atitudes de bondade e generosidade espontâneas que assume e que, por sua vez, são contrastadas à ferocidade dos costumes bárbaros do passado heroico evocado na novela. Desta forma Eça constrói um personagem contraditório, simpático, bom, mas cujos valores morais flutuam ao sabor das contingências e de interesses pessoais. No desfecho da narrativa, pela palavra de um dos personagens, o autor faz uma espécie de balanço moral e psicológico do herói, alinhando todas as suas características pessoais, positivas e negativas, para compará-lo, em conclusão, a Portugal. O enfoque crítico não desaparece do livro, mas o autor demonstra visivelmente uma atitude muito mais tolerante e compreensiva frente às contradições que observa na realidade de seu país.

    O romance derradeiro, *A cidade e as serras*, constitui, na verdade, o desenvolvimento de um conto, "Civilização", publicado pela primeira vez em 1892, na *Gazeta de Notícias* do Rio de Janeiro (jornal com o qual Eça vinha colaborando desde 1880, tendo ali publicado parte significativa de sua prosa propriamente jornalística). O conto estabelece um contraste entre a artificialidade da vida na grande cidade (em que pese todo o arsenal tecnológico que esta põe ao alcance de seus habitantes) e a vida campesina, apresentada como muito mais simples, autêntica e humanizada. No romance o escritor confere maior amplitude e desenvolvimento ao tema e elege Paris, não Lisboa, como o centro onde se desenrola a parte dedicada à cidade. A mudança é pertinente, na medida em que a capital francesa encarnava de modo muito mais expressivo do que Lisboa as formas avançadas da civilização urbana, em fins do século XIX. Por outro lado, a rejeição do universo tecnológico, absoluta no conto, é relativizada no romance. Quanto ao restante, pelo menos no que toca à estrutura geral da trama, prevalecem as mesmas linhas do conto. No domínio da expressividade estilística, *A cidade e as serras* revela um Eça no apogeu; no plano da significação, entretanto, o livro, mormente na parte devotada à serra, de um bucolismo idílico e fortemente idealizado, soa pouco convincente e de verossimilhança psicológica discutível. Se o confrontamos aos grandes romances da fase realista, apesar da sedução inegável de algumas passagens, não há como deixar de reconhecer essa fragilidade.

Diante da exaltação do mundo pastoril presente neste último romance, somos levados a pensar num aspecto biográfico curioso: o próprio autor era totalmente avesso à vida campestre. Tendo a esposa herdado, por morte da mãe, uma quinta na região do Douro (onde transcorre a segunda metade, bucólica, tanto do conto, como do romance), Eça vai visitá-la em 1892, pois Emília pensava em poder ali passar os verões. Em carta à mulher, na qual comenta de passagem a beleza natural do lugar, o romancista rejeita de todo o projeto que ela nutria. Como o Jacinto de Paris, na primeira parte de *A cidade e as serras*, Eça é um homem da grande cidade, para o qual até mesmo Lisboa parece acanhada! Considerando este fato, cabe a interrogação: que motivo teria levado Eça a escrever as duas obras (o conto e o romance)? O que se encontraria na raiz destas narrativas? É difícil penetrar os impulsos profundos que atuam na criação artística, mas, neste caso, uma inspiração de cunho nacionalista, combinada a um mecanismo de compensação psicológica para a atitude crítica que o escritor sempre demonstrara frente ao seu país, podem ter provocado o desejo de idealizar a imagem do seu Portugal distante (muito embora, diversamente dos seus dois protagonistas, ele próprio permanecesse instalado no conforto parisiense da casa de Neuilly...).

Um outro aspecto biográfico surpreendente revela a complexidade da relação entre Eça e o universo português: vivendo doze anos em Paris, ele lá permaneceu sempre um grande solitário, sem jamais se integrar na intensa vida intelectual da cidade, ou fazer sequer um amigo francês. Os poucos que o visitavam em Neuilly eram portugueses, ou o brasileiro Eduardo Prado. Tendo em conta que a literatura francesa exerceu um papel de grande relevo em sua formação cultural, o fato não deixa de ser estranho e intrigante.

O CONTO NA PRODUÇÃO ECIANA

Após este breve percurso pela vida e pela criação de Eça, cabe abordar mais de perto o papel do conto em sua obra. Ao contrário do que ocorreu com Machado de Assis, que, paralelamente aos romances, desenvolveu numerosa e importante produção no conto, este último assume um lugar sensivelmente menor na obra eciana. Testemunho disso é o fato de que, ao longo da vida, o autor de *Os Maias* não publicou um único livro neste gênero literário. O volume de suas "Obras completas"[2] que leva o título *Contos* consiste numa reunião póstuma de doze relatos, de dimensão variada, que haviam sido divulgados em jornais ou revistas literárias. A maior parte deles é da década de 1890 e vincula-se à fase final de atividade do escritor.

Além dos contos incluídos nessa coletânea póstuma, há mais uns poucos dispersos em diferentes volumes das "Obras", sem contar algumas narrativas da época de mocidade, de um período ainda romântico do autor, e que integram as *Prosas bárbaras*. Não é, como se pode constatar, um legado volumoso. Procuraremos, nesta antologia, destacar alguns exemplos significativos da trajetória do contista.

Com o objetivo de fornecer aos leitores a oportunidade de avaliar as mudanças estilísticas que separam a prosa lírico-imagística do jovem estreante de 22 anos da linguagem despojada do mestre realista, iniciaremos a nossa seleção com um dos textos de *Prosas bárbaras*, "Memórias de uma forca" (1867), que apresenta o traço sugestivo de abordar o elemento fantástico, comum no Eça de então, abandonado durante a fase central da obra, e que reaparecerá, curiosamente, em um dos últimos contos, "O defunto", de 1895.

"Singularidades de uma rapariga loura", o texto seguinte da antologia, publicado sete anos depois, em 1874, revela mudança estilística radical. O autor já havia, por essa época, descoberto Flaubert e o realismo. A linguagem direta e uma trama bem urdida (na qual o autor vai disseminando sutilmente índices que já prenunciam, para o leitor atento, o desenlace surpreendente) tornam a obra particularmente sedutora. É um dos grandes contos de Eça.

Em 1885, quando trabalhava na composição de *A relíquia*, o escritor publicou uma narrativa curta, "Suave milagre", em que revela (tal como acontece na terceira parte daquele romance) o seu fascínio pela figura de Jesus e o gosto pela reconstituição imaginária dos tempos bíblicos. De conteúdo alegórico, apresentando uma visão consoladora da realidade, este conto se tornou a produção mais popular de Eça no gênero. Com relação a ele, mesmo os leitores mais conservadores, reticentes diante das obras realistas, não encontraram nada a censurar.

Antes de levarmos adiante nossa apresentação, cabe um reparo: muitas das narrativas aqui designadas como "contos" ajustar-se-iam melhor,

---
2 QUEIRÓS, Eça de. *Contos*. São Paulo: Brasiliense, 1961.

tanto pela estrutura como pela extensão, ao conceito formal de "novela". Contudo, por razões de ordem prática, manteremos com relação a todas a designação genérica de "contos", por ser este o título que encabeça o volume das "Obras" a elas dedicado.

O texto que vem a seguir, "Civilização", já foi por nós comentado na parte inicial destas notas. Poderíamos, todavia, acrescentar um dado interessante: esse relato irá servir de inspiração para o romance de estreia de Coelho Neto, *A capital federal*, de 1893. As analogias entre as duas obras são reveladoras, sem que isso desmereça o livro do escritor maranhense. Na verdade, nunca é demais salientar o papel destacado que a obra de Eça de Queirós exerceu sobre a ficção brasileira, não apenas na época do realismo – em figuras como Aluísio Azevedo ou o já citado Coelho Neto – mas também, posteriormente, em pleno modernismo, sobre os romancistas da geração de 30, Jorge Amado e Graciliano Ramos, entre outros. Junto aos leitores brasileiros, de um modo geral, o prestígio do mestre português foi extenso e duradouro e, em larga medida, permanece vivo até hoje.

Prosseguindo a caminhada, vamos encontrar em "O defunto", de 1895, um Eça pouco comum, abordando, tal qual fizera quando jovem, o elemento fantástico. O enfoque, porém, é agora bastante diverso. Tanto no plano da trama, como no da linguagem fica nítido o longo trajeto percorrido pelo autor, desde a exaltação romântica das "Memórias de uma forca" até a prosa sóbria e despojada dessa narrativa da maturidade. O cotejo dos dois textos torna-se por isso mesmo um exercício estilístico extremamente sugestivo e gratificante, mesmo para um leitor não profissional. Vale a experiência...

Com "A perfeição" (1897) penetramos em um mundo diferente, mostrando como são diversificadas as fontes de inspiração do escritor. Eça faz nele um jogo paródico com o episódio narrado no canto V da *Odisseia*, de Homero: Ulisses, após um naufrágio, vai dar à ilha de Ogígia, nos domínios da ninfa Calipso. A deusa o retém cativo e, muito embora faça dele o seu amante e o cerque de todos os confortos possíveis, o herói anseia sempre por voltar à terra natal, à sua Ítaca querida e à mulher Penélope. Por intervenção de Atena em seu favor, Zeus envia Hermes à Ogígia para ordenar à ninfa que liberte Ulisses e forneça-lhe meios para deixar a ilha. No conto, o autor apresenta uma releitura desse episódio, conferindo-lhe um sabor irônico todo seu, e vertendo-o numa prosa altamente elaborada, que deixa transparecer, como poucos textos, o gosto do autor pelo virtuosismo estilístico que, como dissemos, se acentua na fase derradeira de sua obra.

A antologia se encerra com "José Matias" (1897), considerado por muitos a obra-prima de Eça no gênero. A exploração sutil de um "caso" psicologicamente desconcertante torna esse relato fascinante. A técnica utilizada, de um narrador oral que vai contando a um ouvinte anônimo (nós, os leitores?) as desventuras do protagonista, intensifica o efeito de ironia existencial que perpassa por toda a narrativa, e nos traz de volta o Eça realista, em sua melhor forma.

Acreditamos que o elenco de contos aqui reunido constitui o que de melhor produziu o autor no gênero. A proposta implícita desta antologia é de que, além do prazer intrínseco proporcionado por cada uma das narrativas, a vivência dos textos possa despertar no leitor o desejo de um conhecimento mais íntimo e profundo com o universo ficcional do grande escritor. Se tal efeito for alcançado, o livro terá cumprido plenamente o seu objetivo.

José Maurício Gomes de Almeida

CONTOS

PROSAS BÁRBARAS

MEMÓRIAS DE UMA FORCA

Foi por um modo sobrenatural que eu tive conhecimento deste papel, onde uma pobre forca apodrecida e negra dizia alguma cousa da sua história. Esta forca intentava escrever as suas trágicas *Memórias*. Deviam ser profundos documentos sobre a vida. Árvore, ninguém sabia tão bem o mistério da natureza; forca, ninguém conhecia melhor o homem. Nenhum tão espontâneo e verdadeiro como o homem que se torce na ponta de uma corda – a não ser aquele que lhe carrega sobre os ombros! Infelizmente, a pobre forca apodreceu e morreu.

Entre os apontamentos que deixou, os menos completos são estes que copio – resumo das suas dores, vaga aparência de gritos instintivos. Pudesse ela ter escrito a sua vida complexa, cheia de sangue e de melancolia! É tempo de sabermos, enfim, qual é a opinião que a vasta natureza, montes, árvores e águas, fazem do homem imperceptível. Talvez este sentimento me leve ainda algum dia a publicar papéis que guardo avaramente, e que são as *Memórias dum Átomo* e os *Apontamentos de Viagem de uma Raiz de Cipreste*.

Diz assim o fragmento que eu copio – e que é simplesmente o prólogo das *Memórias*:

"Sou de uma antiga família de carvalhos, raça austera e forte – que já na antiguidade deixava cair, dos seus ramos, pensamentos para Platão. Era uma família hospitaleira e histórica; dela tinham saído navios para a derrota tenebrosa das Índias, contos de lanças para os alucinados das Cruzadas, e vigas para os tetos simples e perfumados que abrigaram Savonarola, Espinosa e Lutero. Meu pai, esquecido das altas tradições sonoras e da sua heráldica vegetal, teve uma vida inerte, material e profana. Não respeitava as nobres morais antigas, nem a ideal tradição religiosa, nem os deveres da história. Era uma árvore materialista. Tinha sido pervertida pelos enciclopedistas da vegetação. Não tinha fé, nem alma, nem Deus! Tinha a religião do sol, da seiva e da água. Era o grande libertino da floresta pensativa. No verão, enquanto sentia a fermentação violenta das seivas, cantava movendo-se ao sol, acolhia os grandes concertos de pássaros boêmios, cuspia a chuva sobre o povo curvado e humilde das ervas e das plantas e, de noite, enlaçado pelas heras lascivas, ressonava sob o silêncio sideral. Quando vinha o inverno, com a passividade animal de um mendigo, erguia, para a impassível ironia do azul, os seus braços magros e suplicantes!

"Por isso nós, os seus filhos, não fomos felizes na vida vegetal. Um dos meus irmãos foi levado para ser tablado de palhaços; ramo contemplativo e romântico, ia, todas as noites, ser pisado pela chufa, pelo escárnio, pela farsa e pela fome! O outro ramo, cheio de vida, de sol, de poeira, áspero solitário da vida, lutador dos ventos e das neves, forte e trabalhador, foi arrancado dentre nós, para ir ser tábua de esquife! – Eu, o mais lastimável, vim a ser forca!

"Desde pequeno fui triste e compassivo. Tinha grandes intimidades na floresta. Eu só queria o bem, o riso, a dilatação salutar das fibras e das almas. O orvalho de que a noite me banhava, atirava-o a umas pobres violetas, que viviam por debaixo de nós, doces raparigas lutuosas, melancolias condensadas e vivas da grande alma silenciosa da vegetação. Agasalhava todos os pássaros na véspera dos temporais. Era eu quem asilava a chuva. Ela vinha, com os cabelos erguedelhados, perseguida, mordida, retalhada pelo vento! Eu abria-lhe as ramagens e as folhas, e escondia-a ali, ao calor da seiva. O vento passava, confundido e imbecil. Então a pobre chuva, que o via longe, assobiando lascivo, deixava-se escorregar silenciosamente pelo tronco, gota por gota, para o vento a não perceber; e ia, de rastos, por entre a erva, acolher-se à vasta mãe Água! Tive por esse tempo uma amizade com um rouxinol, que vinha conversar comigo durante as longas horas consteladas do silêncio. O pobre rouxinol tinha uma pena de amor! Tinha vivido num país distante, onde os noivados têm mais moles preguiças; lá se enamorara; comigo chorava em suspiros líricos. E tão mística pena era que me disseram que o triste, de dor e de desesperança, se deixara cair na água! Pobre rouxinol! Ninguém tão amante, tão viúvo e tão casto!

"Eu queria proteger todos os que vivem. E quando as raparigas do campo vinham para junto de mim chorar, eu erguia sempre as minhas ramagens, como dedos, para apontar à pobre alma aflita de lágrimas todos os caminhos do céu!

"Nunca mais! Nunca mais, verde mocidade distante!

"Enfim, eu tinha de entrar na vida da realidade. Um dia, um daqueles homens metálicos que fazem o tráfico da vegetação, veio arrancar-me à árvore. Não sabia eu o que me queriam. Deitaram-me sobre um carro e, ao cair da noite, os bois começaram a caminhar, enquanto ao lado um homem cantava no silêncio da noite. Eu ia ferido e desfalecido. Via as estrelas com os seus olhares lancinantes e frios. Sentia-me separar da grande floresta. Ouvia o rumor gemente, indefinido e arrastado das árvores. Eram vozes amigas que me chamavam!

"Por cima de mim voavam aves imensas. Eu sentia-me desfalecer, num torpor vegetal, como se estivesse sendo dissipado na passividade das cousas. Adormeci. Ao amanhecer, íamos entrando numa cidade. As janelas olhavam-me com olhos ensanguentados e cheios de um sol irado. Eu só conhecia as cidades pelas histórias que delas contavam as andorinhas, nos serões sonoros da espessura. Mas como ia deitado e amarrado com cordas, apenas via os fumos e um ar opaco. Ouvia o rumor áspero e desafinado, onde havia soluços, risos, bocejos, e mais o surdo roçar da lama, e o tinido sombrio dos metais. Eu sentia enfim o cheiro mortal do homem! Fui arremessado para um pátio infecto, onde não havia o azul e o ar. Comecei então a compreender que uma grande imundície cobre a alma do homem, porque ele se esconde tanto das vistas do sol!

"Uns homens vieram, que me deram desprezivelmente com os pés. Eu estava num estado de torpor e de materialidade, que nem sentia as saudades da pátria vegetal. Ao outro dia, um homem veio para mim e deu-me golpes de machado. Não senti mais nada. Quando voltei a mim, ia outra vez amarrado no carro, e pela noite um homem aguilhoava os bois cantando. Senti lentamente renascer a consciência e a vitalidade. Parecia-me que eu estava transformado numa outra vida orgânica. Não sentia a magnética fermentação da seiva, a energia vital dos filamentos e a superfície viva das cascas. Em redor do carro iam outros homens, a pé. Sob a brancura silenciosa e compassiva da lua, tive uma saudade infinita dos campos, do cheiro dos fenos, das aves, das relvas, de toda a grande alma vivificadora de Deus, que se move entre a ramagem. Eu sentia que ia para uma vida real, de serviço e de trabalho. Mas qual? Tinha ouvido falar das árvores, que vão ser lenha, aquecem e criam, e, tomando entre a convivência do homem a nostalgia de Deus, lutam com os seus braços de chamas para se desprender da terra: essas dissipam-se na augusta transfiguração do fumo, vão ser nuvens, ter a intimidade das estrelas e do azul, viver na serenidade branca e altiva dos imortais, e sentir os passos de Deus!

"Eu tinha ouvido falar das que vão ser vigas da casa do homem: essas, felizes e privilegiadas, sentem na penumbra amorosa a doce força dos beijos e dos risos; são amadas, vestidas, lavadas; encostam-se a elas os corpos dolorosos dos Cristos, são os pedestais da paixão humana, têm a alegria imensa e orgulhosa dos que protegem; e risos das crianças, ais namorados, confidências, suspiros, elegias da voz, tudo o que lhes faz lembrar as murmurações da água, o estremecimento das folhas, as cantigas dos ventos – toda essa graça escorre sobre elas, que já gozaram a luz da matéria, como uma imensa e bondosa luz da alma.

"Eu tinha ouvido falar também das árvores de bom destino, que vão ser mastro de navio, sentir o cheiro da maresia e ouvir as legendas do temporal, viajar, ver, lutar, viver, levadas pelas águas, através do infinito, entre surpresas radiosas – como almas arrancadas do corpo que fazem pela primeira vez a viagem do céu!

"Que iria eu ser?... – Chegamos. Tive então a visão real do meu destino. Eu ia ser forca!

"Fiquei inerte, dissolvida na aflição. Ergueram-me. Deixaram-me só, tenebrosa, num campo. Tinha, enfim, entrado na realidade pungente da vida. O meu destino era matar. Os homens, cujas mãos andam sempre cheias de cadeias, de cordas e de pregos, tinham vindo aos carvalhos austeros buscar um cúmplice! Eu ia ser a eterna companheira das agonias. Presos a mim, iam balouçar-se os cadáveres, como outrora as verdes ramagens orvalhadas!

"Eu ia dar esses negros frutos: os mortos!

"O meu orvalho seria de sangue. Ia escutar para sempre, eu a companheira dos pássaros, doces tenores errantes, as agonias soluçantes, os gemidos de sufocação! As almas, ao partir, rasgar-se-iam nos meus pregos. Eu, a árvore do silêncio e do mistério religioso, eu, cheia de augusta alegria orvalhada e dos salmos sonoros da vida, eu, que Deus conhecia por boa consoladora, havia de mostrar-me às nuvens, ao vento, aos meus antigos camaradas puros e justos, eu, a árvore viva dos montes, de intimidade com a podridão, de camaradagem com o carrasco, sustentando alegremente um cadáver pelo pescoço, para os corvos o esfarraparem!

"E isto ia ser! Fiquei hirta e impassível como nas nossas florestas os lobos, quando se sentem morrer.

"Era a aflição. Eu via ao longe a cidade coberta de névoa.

"Veio o sol. Em roda de mim começou a juntar-se o povo. Depois, através de um desfalecimento, senti o ruído de músicas tristes, o rumor pesado dos batalhões, e os cantos dolentes dos padres. Entre dous círios, vinha um homem lívido. Então, confusamente, como nas aparências inconsistentes do sonho, senti um estremecimento, uma grande vibração elétrica, depois a melodia monstruosa e arrastada do canto católico dos mortos!

"Voltou-me a consciência.

"Estava só. O povo dispersava-se e descia para os povoados. Ninguém! A voz dos padres descia lentamente, como a última água de uma maré. Era ao fim da tarde. Vi. Vi livremente. Vi! Dependurado de mim, hirto, esguio, com a cabeça caída e deslocada, estava o enforcado! Arrepiei-me!

"Eu sentia o frio e a lenta ascensão da podridão. Ia ficar ali, de noite, só, naquele descampado sinistro, tendo nos braços aquele cadáver! Ninguém!

"O sol ia-se, o sol puro. Onde estava a alma daquele cadáver? Tinha passado já? Tinha-se dissipado na luz, nos vapores, nas vibrações? Eu sentia os passos da triste noite, que vinha. O vento empurrava o cadáver, a corda rangia.

"Eu tremia, numa febre vegetal, dilacerante e silenciosa. Não podia ficar ali só. O vento levar-me-ia, atirando-me, aos pedaços, para a antiga pátria das folhas. Não. O vento era brando; quase somente a respiração da sombra! Tinha vindo então o tempo em que a grande natureza, a natureza religiosa, era abandonada às feras humanas? Os carvalhos já não eram, pois, uma alma? Podiam, com justiça, vir o machado e as cordas buscar os ramos criados pela seiva, pela água e pelo sol, trabalho suado da natureza, forma resplandecente da intenção de Deus, e levá-los para as impiedades, para os tablados da forca onde apodrecem as almas, para os esquifes onde apodrecem os corpos? E as ramagens puras, que foram testemunhas das religiões, já não serviam senão para executar as penalidades humanas? Serviam só para sustentar as cordas, onde os saltimbancos bailam, e os condenados se torcem? Não podia ser.

"Pesava sobre a natureza uma fatalidade infame. As almas dos mortos, que sabem o segredo e compreendem a vegetação, achariam grutesco que as árvores, depois de terem sido colocadas por Deus na floresta com os braços estendidos, para abençoar a terra e a água, fossem arrastadas para as cidades, e obrigadas, pelo homem, a estender o braço da forca para abençoar os carrascos!

"E depois de sustentarem os ramos de verdura – que são os fios misteriosos, mergulhados no azul, por onde Deus prende a terra – fossem sustentar as cordas da forca, que são as fitas infames, por onde o homem se prende à podridão! Não! Se as raízes dos ciprestes contassem isto em casa dos mortos – faziam estalar de riso a sepultura!

"Assim falava eu na solidão. A noite vinha lenta e fatal. O cadáver balouçava-se ao vento. Comecei a sentir palpitações de asas. Voavam sombras por cima de mim. Eram os corvos. Pousaram. Eu sentia o roçar das suas penas imundas; afiavam os bicos no meu corpo; penduravam-se, ruidosos, cravando-me as garras.

"Um pousou no cadáver e pôs-se a roer-lhe a face! Solucei dentro de mim. Pedi a Deus que me apodrecesse subitamente. Era uma árvore das florestas a quem os ventos falavam! Servia agora para afiar os bicos dos corvos, e para que os homens dependurassem de mim os cadáveres, como vestidos velhos de carne, esfarrapados! Oh! meu Deus! – soluçava eu ainda – eu não quero ser relíquia de tortura; eu alimentava, não quero aniquilar; era a amiga do semeador, não quero ser a aliada do coveiro! Eu não posso e não sei ser a justiça. A vegetação tem uma augusta ignorância: a ignorância do sol, do orvalho e dos astros. Os bons, os angélicos, os maus são os mesmos corpos invioláveis, para a grande natureza sublime e compassiva. Oh meu

Deus, liberta-me deste mal humano tão aguçado e tão grande, que se trespassa a si, atravessa de lado a lado a natureza, e ainda te vai ferir, a ti no céu! Oh! Deus, o céu azul, todas as manhãs, me dava os orvalhos, o calor fecundo, a beleza imaterial e fluida da brancura, a transfiguração pela luz, toda a bondade, toda a graça, toda a saúde: – não queiras que, em compensação, eu lhe mostre, amanhã, ao seu primeiro olhar, este cadáver esfarrapado!

"Mas Deus dormia, entre os seus paraísos de luz. Vivi três anos nestas angústias.

"Enforquei um homem – um pensador, um político, filho do bem e da verdade, alma formosa cheia das formas do ideal, combatente da luz. Foi vencido, foi enforcado.

"Enforquei um homem que tinha amado uma mulher e tinha fugido com ela. O seu crime era o amor, que Platão chama *mistério*, e Jesus chamou *lei*. O código puniu a fatalidade magnética da atração das almas, e corrigiu Deus com a forca!

"Enforquei também um ladrão. Este homem era também operário. Tinha mulher, filhos, irmãos e mãe. No inverno não teve trabalho, nem lume, nem pão. Tornado de um desespero nervoso, roubou. Foi enforcado ao sol posto. Os corvos não vieram. O corpo foi para a terra limpo, puro e são. Era um pobre corpo que tinha sucumbido por eu o apertar demais, como a alma tinha sucumbido por Deus a alargar e a encher.

"Enforquei vinte. Os corvos conheciam-me. A natureza via a minha dor íntima; não me desprezou; o sol alumiava-me com glorificação, as nuvens vinham arrastar por mim a sua mole nudez, o vento falava-me e contava a vida da floresta, que eu tinha deixado; a vegetação saudava-me com meigas inclinações da folhagem; Deus mandava-me o orvalho, frescura que prometia o perdão natural.

"Envelheci. Vieram as rugas escuras. A grande vegetação, que me sentia esfriar, mandou-me os seus vestidos de hera. Os corvos não voltaram; não voltaram os carrascos. Sentia entrar em mim a antiga serenidade da natureza divina. As eflorescências, que tinham fugido de mim, deixando-me só no solo áspero, começaram a voltar, a nascer, em roda de mim, como amigas verdes e esperançosas. A natureza parecia consolar-me. Eu sentia chegar a podridão. Um dia de névoas e de ventos, deixei-me cair tristemente no chão, entre a relva e a umidade, e pus-me silenciosamente a morrer.

"Os musgos e as relvas cobriram-me, e eu comecei a sentir-me dissolver na matéria enorme, com uma doçura inefável.

"O corpo esfria-me; eu tenho a consciência da minha transformação lenta de podridão em terra. Vou, vou. Oh terra, adeus! Eu derramo-me já pelas raízes. Os átomos fogem para toda a vasta natureza, para a luz, para a verdura. Mal ouço o rumor humano. Oh antiga Cibele, eu vou escorrer na circulação material do teu corpo! Vejo ainda indistintamente a aparência humana, como uma confusão de ideias, de desejos, de desalentos, entre os quais passam, diafanamente, bailando, cadáveres! Mal te vejo, oh mal humano! No meio da vasta felicidade difusa do azul, tu és, apenas, como um fio de sangue! As eflorescências, como vidas esfomeadas, começam a pastar-me! Não é verdade que ainda lá embaixo, no poente, os abutres fazem o inventário do corpo humano? Oh matéria, absorve-me! Adeus! para nunca mais, terra infame e augusta! Eu vejo já os astros correrem como lágrimas pela face do céu. Quem chora assim? Eu sinto-me desfeita na vida formidável da terra! Oh mundo escuro, de lama e de ouro, que és um astro no infinito, – adeus! adeus! – deixo-te herdeiro da minha corda podre!"

CONTOS

SINGULARIDADES DE UMA RAPARIGA LOURA

I

Começou por me dizer que o seu caso era simples – e que se chamava Macário...

Devo contar que conheci este homem numa estalagem do Minho. Era alto e grosso; tinha uma calva larga, luzidia e lisa, com repas brancas que se lhe eriçavam em redor; e os seus olhos pretos, com a pele em roda engelhada e amarelada, e olheiras papudas, tinham uma singular clareza e retidão – por trás dos seus óculos redondos com aros de tartaruga. Tinha a barba rapada, o queixo saliente e resoluto. Trazia uma gravata de cetim negro apertada por trás com uma fivela; um casaco comprido cor de pinhão, com as mangas estreitas e justas e canhões de veludilho. E pela longa abertura do seu colete de seda, onde reluzia um grilhão antigo, saíam as pregas moles de uma camisa bordada.

Era isto em setembro; já as noites vinham mais cedo, com uma friagem fina e seca e uma escuridão aparatosa. Eu tinha descido da diligência, fatigado, esfomeado, tiritando num cobrejão de listas escarlates.

Vinha de atravessar a serra e os seus aspectos pardos e desertos. Eram oito horas da noite. Os céus estavam pesados e sujos. E, ou fosse um certo adormecimento cerebral produzido pelo rolar monótono da diligência, ou fosse a debilidade nervosa da fadiga, ou a influência da paisagem escarpada e árida, sobre o côncavo silêncio noturno, ou a opressão da eletricidade, que enchia as alturas – o fato é que eu – que sou naturalmente positivo e realista – tinha vindo tiranizado pela imaginação e pelas quimeras. Existe, no fundo de cada um de nós, é certo, – tão friamente educados que sejamos – um resto de misticismo; e basta às vezes uma paisagem soturna, o velho muro de um cemitério, um ermo ascético, as emolientes brancuras de um luar, para que esse fundo místico suba, se alargue como um nevoeiro, encha a alma, a sensação e a ideia, e fique assim o mais matemático ou o mais crítico – tão triste, tão visionário, tão idealista – como um velho monge poeta. A mim, o que me lançara na quimera e no sonho fora o aspecto do mosteiro de Rastelo, que eu tinha visto, à claridade suave e outonal da tarde, na sua doce colina. Então, enquanto anoitecia, a diligência rolava continuamente ao trote esgalgado dos seus magros cavalos brancos, e o cocheiro, com o capuz do gabão enterrado na cabeça, ruminava o seu cachimbo – eu pus-me, elegiacamente, ridiculamente, a considerar a esterilidade da vida; e desejava ser um monge, estar num convento, tranquilo, entre arvoredos ou na murmurosa concavidade de um vale, e enquanto a água da cerca canta sonoramente nas bacias de pedra, ler a *Imitação*, e ouvindo os rouxinóis nos loureirais, ter saudades do céu. – Não se pode ser mais estúpido. Mas eu estava assim, e atribuo a esta disposição visionária a falta de espírito – a sensação – que me fez a história daquele homem dos canhões de veludilho.

A minha curiosidade começou à ceia, quando eu desfazia o peito de uma galinha afogada em arroz branco, com fatias escarlates de paio – e a criada, uma gorda e cheia de sardas, fazia espumar o vinho verde no copo, fazendo-o cair de alto de uma caneca vidrada. O homem estava defronte de mim, comendo tranquilamente a sua geleia; perguntei-lhe, com a boca cheia, o meu guardanapo de linho de Guimarães suspenso nos dedos – se ele era de Vila Real.

– Vivo lá. Há muitos anos – disse-me ele.
– Terra de mulheres bonitas, segundo me consta – disse eu.

O homem calou-se.

– Hem? – tornei.

O homem contraiu-se num silêncio saliente. Até aí estivera alegre, rindo dilatadamente; loquaz e cheio de bonomia. Mas então imobilizou o seu sorriso fino.

Compreendi que tinha tocado a carne viva de uma lembrança. Havia de certo no destino daquele velho uma *mulher*. Aí estava o seu melodrama ou a sua farsa, porque inconscientemente estabeleci-me na ideia de que o *fato*, o *caso* daquele homem, devera ser grutesco e exalar escárnio.

De sorte que lhe disse:

— A mim têm-me afirmado que as mulheres de Vila Real são as mais bonitas do Norte. Para olhos pretos Guimarães; para corpos Santo Aleixo, para tranças os Arcos; é lá que se veem os cabelos claros cor de trigo.

O homem estava calado, comendo, com os olhos baixos.

— Para cinturas finas Viana; para boas peles Amarante — e para isto tudo Vila Real. Eu tenho um amigo que veio casar a Vila Real. Talvez conheça. O Peixoto, um alto, de barba loura, bacharel.

— O Peixoto, sim — disse-me ele, olhando gravemente para mim.

— Veio casar a Vila Real como antigamente se ia casar à Andaluzia — questão de arranjar a fina flor da perfeição. – À sua saúde.

Eu evidentemente constrangia-o, porque se ergueu, foi à janela com um passo pesado, e reparei então nos seus grossos sapatos de casimira, com sola forte e atilhos de couro. E saiu.

Quando pedi o meu castiçal, a criada trouxe-me um candeeiro de latão lustroso e antigo e disse:

— O senhor está com outro. É no nº 3.

Nas estalagens do Minho, às vezes, cada quarto é um dormitório impertinente.

— Vá — disse eu.

O nº 3 era no fundo do corredor. Às portas dos lados os hóspedes tinham posto o seu calçado para engraxar; estavam umas grossas botas de montar, enlameadas, com esporas de correia; os sapatos brancos de um caçador; botas de proprietário, de altos canos vermelhos; as botas de um padre, altas, com a sua borla de retrós; os botins cambados, de bezerro, de um estudante; e a uma das portas, o nº 15, havia umas botinas de mulher, de duraque, pequeninas e finas, e ao lado as pequeninas botas de uma criança, todas coçadas e batidas, e os seus canos de pelica-mor caiam-lhe para os lados com os atacadores desatados. Todos dormiam. Defronte do nº 3 estavam os sapatos de casimira com atilhos; e quando abri a porta vi o homem dos canhões de veludilho, que amarrava na cabeça um lenço de seda; estava com uma jaqueta curta de ramagens, uma meia de lã, grossa e alta, e os pés metidos nuns chinelos de ourelo.

– O Senhor não repare – disse ele.

– À vontade – e para estabelecer intimidade tirei o casaco.

Não direi os motivos por que ele daí a pouco, já deitado, me disse a sua história. Há um provérbio eslavo da Galícia que diz: "o que não contas à tua mulher, o que não contas ao teu amigo, conta-o a um estranho, na estalagem". Mas ele teve raivas inesperadas e dominantes para a sua larga e sentida confidência. Foi a respeito do meu amigo, do Peixoto, que fora casar a Vila Real. Vi-o chorar, aquele velho de quase sessenta anos. Talvez a história seja julgada trivial: a mim, que nessa noite estava nervoso e sensível, pareceu-me terrível, – mas conto-a apenas como um acidente singular da vida amorosa...

Começou pois por me dizer que o seu caso era simples – e que se chamava Macário.

Perguntei-lhe então se era de uma família que eu conhecera, que tinha o apelido de *Macário*. E como ele me respondeu que era primo desses, eu tive logo do seu caráter uma ideia simpática, porque os Macários eram uma antiga família, quase uma dinastia de comerciantes, que mantinham com uma severidade religiosa a sua velha tradição de honra e de escrúpulo. Macário disse-me que nesse tempo, em 1823 ou 33, na sua mocidade, seu tio Francisco tinha, em Lisboa, um armazém de panos, e ele era um dos caixeiros. Depois o tio compenetrara-se de certos instintos inteligentes e do talento prático e aritmético de Macário, e deu-lhe a escrituração. Macário tornou-se o seu *guarda-livros*.

Disse-me ele que sendo naturalmente linfático e mesmo tímido, a sua vida tinha nesse tempo uma grande concentração. Um trabalho escrupuloso e fiel, algumas raras merendas no campo, um apuro saliente de fato e de roupas brancas, era todo o interesse da sua vida. A existência, nesse tempo, era caseira e apertada. Uma grande simplicidade social aclarava os costumes; os espíritos eram mais ingênuos, os sentimentos menos complicados.

Jantar alegremente numa horta, debaixo das parreiras, vendo correr a água das regas – chorar com os melodramas que rugiam entre os bastidores do Salitre, alumiados a cera, eram contentamentos que bastavam à burguesia cautelosa. Além disso os tempos eram confusos e revolucionários: e nada torna o homem recolhido, conchegado à lareira, simples e facilmente feliz – como a guerra. É a paz que, dando os vagares da imaginação – causa as impaciências do desejo.

Macário, aos vinte e dois anos, ainda não tinha – como lhe dizia uma velha tia, que fora querida do Desembargador Curvo Semedo, da Arcádia, – *sentido Vênus*.

Mas por esse tempo veio morar para defronte do armazém dos Macários, para um terceiro andar, uma mulher de quarenta anos, vestida de luto, uma pele branca e baça, o busto bem-feito e redondo e um aspecto desejável. Macário tinha a sua carteira no primeiro andar, por cima do armazém, ao pé de uma varanda, e dali viu uma manhã aquela mulher com o cabelo preto solto e anelado, um chambre branco e braços nus, chegar-se a uma pequena janela de peitoril, a sacudir um vestido. Macário afirmou-se e sem mais intenção, dizia mentalmente que aquela mulher, aos vinte anos, devia ter sido uma pessoa cativante e cheia de domínio; porque os seus cabelos violentos e ásperos, o sobrolho espesso, o lábio forte, o perfil aquilino e firme, revelavam um temperamento ativo e imaginações apaixonadas. No entanto, continuou serenamente alinhando as suas cifras. Mas à noite estava sentado fumando à janela do seu quarto, que abria sobre o pátio: era em julho e a atmosfera estava elétrica e amorosa; a rabeca de um vizinho gemia uma xácara mourisca, que então sensibilizava, e era de um melodrama; o quarto estava numa penumbra doce e cheia de mistério – e Macário, que estava em chinelas, começou a lembrar-se daqueles cabelos negros e fortes e daqueles braços que tinham a cor dos mármores pálidos; espreguiçou-se, rolou morbidamente a cabeça pelas costas da cadeira de vime, como os gatos sensíveis que se esfregam, e decidiu bocejando que a sua vida era monótona. E ao outro dia, ainda impressionado, sentou-se à sua carteira com a janela toda aberta, e olhando o prédio fronteiro, onde viviam aqueles cabelos grandes – começou a aparar vagarosamente a sua pena de rama. Mas ninguém se chegou à janela de peitoril, com caixilhos verdes. Macário estava enfastiado, pesado – e o trabalho foi lento. Pareceu-lhe que havia na rua um sol alegre, e que nos campos as sombras deviam ser mimosas e que se estaria bem vendo o palpitar das borboletas brancas nas madressilvas! E, quando fechou a carteira, sentiu defronte correr-se a vidraça; eram decerto os cabelos pretos.

Mas apareceram uns cabelos louros. Oh! E Macário veio logo salientemente para a varanda aparar um lápis. Era uma rapariga de vinte anos, talvez – fina, fresca, loura como uma vinheta inglesa; a brancura da pele tinha alguma cousa da transparência das velhas porcelanas, e havia no seu perfil uma linha pura, como de uma medalha antiga, e os velhos poetas pitorescos ter-lhe-iam chamado – pomba, arminho, neve e ouro.

Macário disse consigo:

– É filha.

A outra vestia de luto, mas esta, a loura, tinha um vestido de cassa com pintas azuis, um lenço de cambraia traspassado sobre o peito, as mangas perdidas com rendas, e tudo aquilo era asseado, moço, fresco, flexível e tenro.

Macário, nesse tempo, era louro com a barba curta. O cabelo era anelado e a sua figura devia ter aquele ar seco e nervoso que depois do século XVIII e da revolução – foi tão vulgar nas raças plebeias.

A rapariga loura reparou naturalmente em Macário, e naturalmente desceu a vidraça, correndo por trás uma cortina de cassa bordada. Estas pequenas cortinas datam de Goethe e têm na vida amorosa um interessante destino: revelam. Levantar-lhe uma ponta e espreitar, franzi-la suavemente, revela um fim; corrê-la, pregar nela uma flor, agitá-la, fazendo sentir que por trás um rosto atento se move e espera – são velhas maneiras com que, na realidade e na arte, começa o romance. A cortina ergueu-se devagarinho e o rosto louro espreitou.

Macário não me contou por pulsações – a história minuciosa do seu coração. Disse singelamente que daí a cinco dias – *estava doudo por ela*. O seu trabalho tornou-se logo vagaroso e infiel e o seu belo cursivo inglês, firme e largo, ganhou curvas, ganchos, rabiscos, onde estava todo o romance impaciente dos seus nervos. Não a podia ver pela manhã; o sol mordente de julho batia e escaldava a pequena janela de peitoril. Só pela tarde, a cortina se franzia, se corria a vidraça, e ela, estendendo uma almofadinha no rebordo do peitoril, vinha encostar-se mimosa e fresca com o seu leque. Leque que preocupou Macário: era uma ventarola chinesa, redonda, de seda branca com dragões escarlates bordados à pena, uma cercadura de plumagem azul, fina e trêmula como uma penugem e o seu cabo de marfim, de onde pendiam duas borlas de fio de ouro; tinha incrustações de nácar à linda maneira persa.

Era um leque magnífico e naquele tempo inesperado nas mãos plebeias de uma rapariga vestida de cassa. Mas como ela era loura e a mãe tão meridional, Macário, com esta intuição interpretativa dos namorados, disse à sua curiosidade: *será filha de um inglês*. O inglês vai à China, à Pérsia, a Ormuz, à Austrália e vem cheio daquelas joias dos luxos exóticos, e nem Macário sabia por que é que aquela ventarola de mandarina o preocupava assim; mas segundo ele me disse – *aquilo deu-lhe no goto*.

Tinha-se passado uma semana, quando um dia Macário viu, da sua carteira, que ela, a loura, saía com a mãe, porque se acostumara a considerar mãe dela aquela magnífica pessoa, magnificamente pálida e vestida de luto.

Macário veio à janela e viu-as atravessar a rua e entrarem no armazém. No seu armazém! Desceu logo trêmulo, sôfrego, apaixonado e com palpitações. Estavam elas já encostadas ao balcão e um caixeiro desdobrava-lhes defronte casimiras pretas. Isto comoveu Macário. Ele mesmo mo disse.

— Porque enfim, meu caro, não era natural que elas viessem comprar, para si, casimiras pretas.

E não; elas não usavam *amazonas*, não quereriam decerto estofar cadeiras com casimira preta, não havia homens em casa delas; portanto aquela vinda ao armazém era um meio delicado de o ver de perto, de lhe falar, e tinha o encanto penetrante de uma mentira sentimental. Eu disse a Macário que, sendo assim, ele devia estranhar aquele movimento amoroso, porque denotava na mãe uma cumplicidade equívoca. Ele confessou-me *que nem pensava em tal*. O que fez foi chegar ao balcão e dizer estupidamente:

— Sim Senhor, vão bem servidas; estas casimiras não encolhem.

E a loura ergueu para ele o seu olhar azul, e foi como se Macário se sentisse envolvido na doçura de um céu.

Mas quando ele ia dizer-lhe uma palavra reveladora e veemente, apareceu ao fundo do armazém o tio Francisco, com o seu comprido casaco cor de pinhão, de botões amarelos. Como era singular e desusado achar-se o senhor guarda-livros vendendo ao balcão e o tio Francisco, com a sua crítica estreita e celibatária, podia escandalizar-se, Macário começou a subir vagarosamente a escada em caracol que levava ao escritório, e ainda ouviu a voz delicada da loura dizer brandamente:

— Agora queria ver lenços da Índia.

E o caixeiro foi buscar um pequenino pacote daqueles lenços, acamados e apertados numa tira de papel dourado.

Macário, que tinha visto naquela visita uma revelação de amor, quase uma *declaração*, esteve todo o dia entregue às impaciências amargas da paixão. Andava distraído, abstrato, pueril; não deu atenção à escrituração, jantou calado, sem escutar o tio Francisco que exaltava as almôndegas, mal reparou no seu ordenado que lhe foi pago em pintos às três horas, e não entendeu bem as recomendações do tio e a preocupação dos caixeiros sobre o desaparecimento de um pacote de lenços da Índia.

— É o costume de deixar entrar pobres no armazém — tinha dito no seu laconismo majestoso o tio Francisco. — São 12$000 réis de lenços. Lance à minha conta.

Macário, no entanto, ruminava secretamente uma carta, mas sucedeu que ao outro dia, estando ele à varanda, a mãe, a de cabelos pretos, veio encostar-se ao peitoril da janela, e neste momento, passava na rua um rapaz amigo de Macário, que, vendo aquela senhora, afirmou-se e tirou-lhe, com uma cortesia toda risonha, o seu chapéu de palha. Macário ficou radioso; logo nessa noite procurou o seu amigo, e abruptamente, sem meia-tinta:

— Quem é aquela mulher que tu hoje cumprimentaste defronte do armazém?

— É a Vilaça. Bela mulher.
— E a filha?
— A filha!
— Sim, uma loura, clara, com um leque chinês.
— Ah! sim. É filha.
— É o que eu dizia...
— Sim, e então?
— É bonita.
— É bonita.
— É gente de bem, hem?
— Sim, gente de bem.
— Está bom. Tu conhece-as muito?
— Conheço-as. Muito não. Encontrava-as dantes em casa de D. Cláudia.

– Bem, ouve lá.

E Macário, contando a história do seu coração acordado e exigente e falando do amor com as exaltações de então, pediu-lhe como a glória da sua vida, *que achasse um meio de o encaixar lá*. Não era difícil. As Vilaças costumavam ir aos sábados a casa de um tabelião muito rico na rua dos Calafates; eram assembleias simples e pacatas, onde se cantavam motetes ao cravo, se glosavam motes e havia jogos de prendas do tempo da Senhora D. Maria I, e às 9 horas a criada servia a orchata. Bem. Logo no primeiro sábado, Macário, de casaca azul, calças de ganga com presilhas de trama de metal, gravata de cetim roxo, curvava-se diante da esposa do tabelião, a Senhora D. Maria da Graça, pessoa seca e aguçada, com um vestido bordado a matiz, um nariz adunco, uma enorme luneta de tartaruga, a pluma de marabu nos seus cabelos grisalhos. A um canto da sala já lá estava, entre um fru-fru de vestidos enormes, a menina Vilaça, a loura, vestida de branco, simples, fresca, com o seu ar de gravura colorida. A mãe Vilaça, a soberba mulher pálida; cochichava com um desembargador de figura apoplética. O tabelião era homem letrado, latinista e amigo das musas; escrevia num jornal de então, a *Alcofa das Damas*; porque era sobretudo galante, e ele mesmo se intitulava, numa ode pitoresca, *moço escudeiro* de Vênus. Assim, as suas reuniões eram ocupadas pelas belas-artes – e nessa noite, um poeta do tempo devia vir ler um poemeto intitulado *Elmira ou a vingança do veneziano!...* Começavam então a aparecer as primeiras audácias românticas. As revoluções da Grécia principiavam a atrair os espíritos romanescos e saídos da mitologia para os países maravilhosos do Oriente. Por toda a parte se falava no paxá de Jânina. E a poesia apossava-se vorazmente deste mundo novo e virginal de minaretes, serralhos, sultanas cor de âmbar, piratas do Arquipélago, e salas rendilhadas, cheias do perfume do aloés onde paxás decrépitos acariciam leões. – De sorte que a curiosidade era grande – e quando o poeta apareceu com os cabelos compridos, o nariz adunco e fatal, o pescoço entalado na alta gola do seu fraque à Restauração e um canudo de lata na mão – o Senhor Macário é que não experimentou sensação alguma, porque lá estava todo absorvido, falando com a menina Vilaça. E dizia-lhe meigamente:

– Então, noutro dia, gostou das casimiras?

– Muito – disse ela baixo.

E, desde esse momento, envolveu-os um destino nupcial.

No entanto, na larga sala, a noite passava-se espiritualmente. Macário não pôde dar todos os pormenores históricos e característicos daquela assembleia. Lembrava-se apenas que um corregedor de Leiria recitava o *Madrigal a Lídia*; lia-o de pé, com uma luneta redonda aplicada sobre o papel, a perna direita lançada para diante, a mão na abertura do colete branco de gola alta. E em redor, formando círculo, as damas, com vestidos de ramagens, cobertas de plumas, as mangas estreitas terminadas num fofo de rendas, mitenes de retrós preto cheias da cintilação dos anéis, tinham sorrisos ternos, cochichos, doces murmurações, risinhos, e um brando palpitar de leques recamados de lantejoulas. – Muito bonito, diziam, muito bonito! E o corregedor, desviando a luneta, cumprimentava sorrindo – e via-se-lhe um dente podre.

Depois a preciosa D. Jerônima da Piedade e Sande, sentando-se com maneiras comovidas ao cravo, cantou com a sua voz roufenha a antiga ária de Sully:

> *Oh Ricardo, oh meu rei,*
> *O mundo te abandona.*

o que obrigou o terrível Gaudêncio, democrata de 20 e admirador de Robespierre, a rosnar rancorosamente junto de Macário:

– Reis!... víboras!

Depois, o Cônego Saavedra cantou uma modinha de Pernambuco muito usada no tempo do Senhor D. João VI: *lindas moças, lindas moças*. E a noite ia assim correndo, literária, pachorrenta, erudita, requintada e toda cheia de musas.

Oito dias depois, Macário era recebido em casa da Vilaça, num domingo. A mãe convidara-o dizendo-lhe:

– Espero que o vizinho honre aquela choupana.

E até o desembargador apoplético, que estava ao lado, exclamou:

– Choupana?! Diga alcáçar, formosa dama!

Estavam, nesta noite, o amigo do chapéu de palha, um velho cavaleiro de Malta, trôpego, estúpido e surdo, um beneficiado da Sé, ilustre pela sua voz de tiple, e as manas Hilárias, a mais velha das quais tendo assistido, como aia de uma senhora da casa da Mina, à tourada de Salvaterra, em que morreu o Conde dos Arcos, nunca deixava de narrar os episódios pitorescos daquela tarde; a figura do Conde dos Arcos de cara rapada e uma fita de cetim escarlate no rabicho; o soneto que um magro poeta, parasita da casa de Vimioso, recitou quando o Conde entrou, fazendo ladear o seu cavalo negro, arreado à espanhola, com um chairel onde as suas armas estavam lavradas em prata; o tombo que nesse momento um frade de S. Francisco deu da trincheira alta, e a hilaridade da corte, que até a Senhora Condessa de Pavolide apertava as mãos nas ilhargas; depois El-Rei o Senhor D. José I, vestido de veludo escarlate, recamado de ouro, todo encostado ao rebordo do seu palanque, e fazendo girar entre dous dedos a sua caixa de rapé cravejada, e por trás, imóveis, o físico Lourenço e o frade, seu confessor; depois o rico aspecto da praça cheia de gente de Salvaterra, maiorais, mendigos dos arredores, frades, lacaios, e o grito que houve, quando D. José I entrou: – Viva El-Rei, nosso senhor! E o povo ajoelhou, e El-Rei tinha-se sentado, comendo doces, que um criado trouxe num saco de veludo, atrás dele. Depois a morte do Conde dos Arcos, os desmaios, e até El-Rei todo debruçado, batendo com a mão no parapeito, gritando na confusão, e o capelão da casa dos Arcos que tinha corrido a buscar a extrema-unção. Ela, Hilária, ficara estarrecida de pavor; sentia os urros dos bois, gritos agudos de mulheres, os ganidos dos Batas, e vira então um velho, todo vestido de veludo preto, com a fina espada na mão, debater-se entre fidalgos e damas que o seguravam, e querer atirar-se à praça, braminado de raiva! "É o pai do Conde!" explicavam em volta. Ela então desmaiara nos braços de um padre da Congregação. Quando veio a si, achou-se junto da praça; a berlinda real estava à porta, com os boleiros emplumados, os machos cheios de guizos, e os batedores a cavalo, à frente; via-se lá dentro El-Rei, escondido ao fundo, pálido, sorvendo febrilmente rapé, todo encolhido com o confessor; e defronte, com uma das mãos apoiada à alta bengala, forte, espadaúdo, o aspecto carregado, o Marquês de Pombal falava devagar e intimativamente, gesticulando com a luneta. Mas os batedores picaram, os estalos dos boleiros retiniram, e a berlinda partiu a galope, enquanto o povo gritava: Viva El-Rei, nosso senhor! – e o sino da capela do paço tocava a finados! Era uma honra que El-Rei concedia à casa dos Arcos.

Quando D. Hilária acabou de contar, suspirando, estas desgraças passadas, começou-se a jogar. Era singular que Macário não se lembrava o que tinha jogado nessa noite radiosa. Só se recordava que tinha ficado ao lado da menina Vilaça (que se chamava Luísa), que reparara muito na sua fina pele rosada, tocada de luz, e na meiga e amorosa pequenez da sua mão, com uma unha mais polida que o marfim de Diepe. E lembrava-se também de um acidente excêntrico, que determinara nele, desde esse dia, uma grande hostilidade ao clero da Sé. Macário estava sentado à mesa, e ao pé dele Luísa; Luísa estava toda voltada para ele, com uma das mãos apoiando a sua fina cabeça loura e amorosa, e a outra esquecida no regaço. Defronte estava o beneficiado, com o seu barrete preto, os seus óculos na ponta aguda do nariz, o tom azulado da forte barba rapada, e as suas duas grandes orelhas, complicadas e cheias de cabelo, separadas do crânio como dous postigos abertos. Ora, como era necessário no fim do jogo pagar uns tentos ao cavaleiro de Malta, que estava ao lado do beneficiado, Macário tirou da algibeira uma peça e quando o cavaleiro, todo curvado e com um olho pisco, fazia a soma dos tentos nas costas de um ás, Macário conversava com Luísa, e fazia girar sobre o pano verde a sua peça de ouro, como um bilro ou um pião. Era uma peça nova que luzia, faiscava, rodando, e feria a vista como uma bola de névoa dourada. Luísa sorria vendo-a girar, girar, e parecia a Macário que todo o céu, a pureza, a bondade das flores e a castidade das estrelas estavam naquele claro sorriso distraído, espiritual, arcangélico com que ela seguia o giro fulgurante da peça de ouro nova. Mas, de repente, a peça, correndo até à borda da mesa, caiu para o lado do regaço de Luísa, e desapareceu, sem se ouvir no soalho de tábuas o seu ruído metálico. O beneficiado abaixou-se logo cortesmente; Macário afastou a cadeira, olhando para debaixo da mesa; a mãe Vilaça alumiou com um castiçal, e Luísa ergueu-se e sacudiu com pequenina pancada o seu vestido de cassa. A peça não apareceu.

– É célebre! – disse o amigo de chapéu de palha – eu não ouvi tinir no chão.

– Nem eu, nem eu – disseram.

O beneficiado, curvado, buscava tenazmente, e a Hilária mais nova rosnava o responso de Santo Antônio.

– Pois a casa não tem buracos – dizia a mãe Vilaça.

— Sumiço assim! – resmungava o beneficiado.

No entanto Macário exalava-se em exclamações desinteressadas:

— Pelo amor de Deus! Ora que tem! Amanhã aparecerá! Tenham a bondade! Por quem são! Então, Senhora D. Luísa! Pelo amor de Deus! Não vale nada.

Mas mentalmente estabeleceu que houvera uma subtração – e atribuiu-a ao beneficiado. A peça rolara, de certo, até junto dele, sem ruído; ele pusera-lhe em cima o seu vasto sapato eclesiástico e tachado; depois, no movimento brusco e curto que tivera, empolgara-a vilmente. E, quando saíram, o beneficiado, todo embrulhado no seu vasto capote de camelão, dizia a Macário pela escada:

— Ora o sumiço da peça, hem? Que brincadeira!

— Acha, senhor beneficiado?! – disse Macário parando, pasmado da impudência.

— Ora essa! Se acho?! Se lhe parece! Uma peça de 7$000 réis! Só se o senhor as semeia... Safa! Eu dava em doudo!

Macário teve tédio daquela astúcia fria. Não lhe respondeu. O beneficiado é que acrescentou:

— Amanhã mande lá pela manhã, homem. Que diabo... Deus me perdoe! Que diabo! Uma peça não se perde assim. Que bolada, hem!

E Macário tinha vontade de lhe bater.

Foi neste ponto que Macário me disse, com a sua voz singularmente sentida:

— Enfim, meu amigo, para encurtarmos razões, resolvi-me casar com ela.

— Mas a peça?

— Não pensei mais nisso! Pensava eu lá na peça! Resolvi-me casar com ela!

II

Macário contou-me o que o determinara mais precisamente àquela resolução profunda e perpétua. Foi um beijo. Mas esse caso, casto e simples, eu calo-o; – mesmo porque a única testemunha foi uma imagem em gravura da Virgem, que estava pendurada no seu caixilho de pau preto, na saleta escura que abria para a escada... Um beijo fugitivo, superficial, efêmero. Mas isso bastou, ao seu espírito reto e severo para o obrigar a tomá-la como esposa, a dar-lhe uma fé imutável e a posse da sua vida. Tais foram os seus esponsais. Aquela simpática sombra das janelas vizinhas tornara-se para ele um destino, o fim moral da sua vida e toda a ideia dominante do seu trabalho. E esta história toma, desde logo, um alto caráter de santidade e de tristeza.

Macário falou-me muito do caráter e da figura do tio Francisco; a sua possante estatura, os seus óculos de ouro, a sua barba grisalha, em colar, por baixo do queixo; um tique nervoso que tinha numa asa do nariz; a dureza da sua voz, a sua austera e majestosa tranquilidade, os seus princípios antigos, autoritários e tirânicos, e a brevidade telegráfica das suas palavras.

Quando Macário lhe disse, uma manhã, ao almoço, abruptamente, sem transições emolientes: "Peço-lhe licença para casar", o tio Francisco, que deitava o açúcar no seu café, ficou calado, remexendo com a colher, devagar, majestoso e terrível; e quando acabou de sorver pelo pires, com grande ruído, tirou do pescoço o guardanapo, dobrou-o, aguçou com a faca o seu palito, meteu-o na boca e saiu; mas à porta da sala parou, e voltando-se para Macário, que estava de pé, junto da mesa, disse secamente:

– Não.
– Perdão, tio Francisco!
– Não.
– Mas ouça, tio Francisco...
– Não.

Macário sentiu uma grande cólera.

– Nesse caso, faço-o sem licença.
– Despedido da casa.
– Sairei. Não haja dúvida.
– Hoje.
– Hoje.

E o tio Francisco ia a fechar a porta, mas voltando-se:

– Olá! – disse ele a Macário, que estava exasperado, apoplético, raspando nos vidros da janela.

Macário voltou-se com uma esperança.

– Dê-me daí a caixa do rapé – disse o tio Francisco.

Tinha-lhe esquecido a caixa! Portanto, estava perturbado.
– Tio Francisco... – começou Macário.
– Basta. Estamos a 12. Receberá o seu mês por inteiro. Vá.

As antigas educações produziam estas situações insensatas. Era brutal e idiota. Macário afirmou-me que era assim.

Nessa tarde Macário achava-se no quarto de uma hospedaria na praça da Figueira com seis peças, o seu baú de roupa branca e a sua paixão. No entanto estava tranquilo. Sentia o seu destino cheio de apuros. Tinha relações e amizades no comércio. Era conhecido vantajosamente; a nitidez do seu trabalho, a sua honra tradicional, o nome da família, o seu tato comercial, o seu belo cursivo inglês, abriam-lhe, de par em par, respeitosamente, todas as portas dos escritórios. No outro dia foi procurar alegremente o negociante Faleiro, antiga relação comercial da sua casa.

– De muito boa vontade, meu amigo – disse-me ele. – Quem mo dera cá! Mas, se o recebo, fico de mal com seu tio, meu velho amigo de vinte anos. Ele declarou-mo categoricamente. Bem vê. Força maior. Eu sinto, mas...

E todos, a quem Macário se dirigiu, confiado em relações sólidas, receavam *ficar ele mal com o seu tio, velho amigo de vinte anos*.

E todos *sentiam, mas...*

Macário dirigiu-se então a negociantes novos, estranhos à sua casa e à sua família, e sobretudo aos estrangeiros: esperava encontrar gente livre da amizade de vinte anos do tio. Mas, para esses, Macário era desconhecido, e desconhecidos por igual a sua dignidade e o seu hábil trabalho. Se tomavam informações, sabiam que ele fora despedido da casa do tio repentinamente, por causa de uma rapariga loura, vestida de cassa. Esta circunstância tirava as simpatias a Macário. O comércio evita o guarda-livros sentimental. De sorte que Macário começou a sentir-se num momento agudo. Procurando, pedindo, rebuscando, o tempo passava, sorvendo, pinto a pinto, as suas seis peças.

Macário mudou para uma estalagem barata, e continuou farejando. Mas, como fora sempre de temperamento recolhido, não criara amigos. De modo que se encontrava desamparado e solitário – e a vida aparecia-lhe como um descampado.

As peças findaram. Macário entrou, pouco a pouco, na tradição antiga da miséria. Ela tem solenidades fatais e estabelecidas; começou por empenhar – depois vendeu. Relógio, anéis, casaco azul, cadeia, paletó de alamares, tudo foi levando pouco a pouco, embrulhado debaixo do xale, uma velha seca e cheia de asma.

No entanto via Luísa de noite, na saleta escura que dava para o patamar; uma lamparina ardia em cima da mesa; era feliz ali naquela penumbra, todo sentado castamente, ao pé de Luísa, a um canto de um velho canapé de palhinha. Não a via de dia, porque trazia já a roupa usada, as botas cambadas, e não queria mostrar à fresca Luísa, toda mimosa nas suas cambraias asseadas, a sua miséria remendada; ali, àquela luz tênue e esbatida, ele exalava a sua paixão crescente e escondia o seu fato decadente. Segundo me disse Macário – era muito singular o temperamento de Luísa. Tinha o caráter louro como o cabelo – se é certo que o louro é uma cor fraca e desbotada; falava pouco, sorria sempre com os seus brancos dentinhos, dizia a tudo *pois sim*; era muito simples, quase indiferente, cheia de transigências. Amava decerto Macário, mas com todo o amor que podia dar a sua natureza débil, aguada, nula. Era como uma estriga de linho; fiava-se como se queria; e às vezes, naqueles encontros noturnos, tinha sono.

Um dia, porém, Macário encontrou-a excitada; estava com pressa, o xale traçado à toa, olhando sempre para a porta interior.

– A mamã percebeu – disse ela.

E contou-lhe que a mãe desconfiava, ainda rabugenta e áspera, e que decerto farejava aquele plano nupcial tramado como uma conjuração.

– Por que não me vens pedir à mamã?

– Mas, filha, se eu não posso! Não tenho arranjo, nenhum. Espera. É mais um mês talvez. Tenho agora aí um negócio em bom caminho. Morríamos de fome.

Luísa calou-se, torcendo a ponta do xale, com os olhos baixos.

– Mas ao menos – disse ela – enquanto eu te não fizer sinal da janela, não subas mais, sim?

Macário rompeu a chorar, os soluços saíam violentos e desesperados.

– Chuta! – dizia-lhe Luísa. – Não chores alto!...

Macário contou-me a noite que passou, ao acaso pelas ruas, ruminando febrilmente a sua dor, e lutando, sob a friagem de janeiro, na sua quinzena curta. Não dormiu, e logo pela manhã, ao outro dia, entrou como uma rajada no quarto do tio Francisco e disse-lhe abruptamente, secamente:

– É tudo o que tenho – e mostrou-lhe três pintos. – Roupa, estou sem ela. Vendi tudo. Daqui a pouco tenho fome.

O tio Francisco, que fazia a barba à janela, com o lenço da Índia amarrado na cabeça, voltou-se e, pondo os óculos, fitou-o.

– A sua carteira lá está. Fique – e acrescentou com um gesto decisivo – solteiro.

– Tio Francisco, ouça-me!...

– Solteiro, disse eu – continuou o tio Francisco, dando o fio à navalha numa tira de sola.

– Não posso.

– Então, rua!

Macário saiu, estonteado. Chegou a casa, deitou-se, chorou e adormeceu. Quando saiu, à noitinha, não tinha resolução, nem ideia. Estava como uma esponja saturada. Deixava-se ir.

De repente, uma voz disse de dentro de uma loja:

– Eh! psit! olá!

Era o amigo do chapéu de palha; abriu grandes braços pasmados.

– Que diacho! desde manhã que te procuro.

E contou-lhe que tinha chegado da província, tinha sabido a sua crise e trazia-lhe um desenlace.

– Queres?

– Tudo.

Uma casa comercial queria um homem hábil, resoluto e duro, para ir numa comissão difícil e de grande ganho a Cabo Verde.

– Pronto! – disse Macário. – Pronto! Amanhã.

E foi logo escrever a Luísa, pedindo-lhe uma despedida, um último encontro, aquele em que os braços desolados e veementes tanto custam a desenlaçar-se. Foi. Encontrou-a toda embrulhada no seu xale, tiritando de frio. Macário chorou. Ela, com a sua passiva e loura doçura, disse-lhe:

– Fazes bem. Talvez ganhes.

E ao outro dia Macário partiu.

Conheceu as viagens trabalhosas nos mares inimigos, o enjoo monótono num beliche abafado, os duros sóis das colônias, a brutalidade tirânica dos fazendeiros ricos, o peso dos fardos humilhantes, as dilacerações da ausência, as viagens ao interior das terras negras e a melancolia das caravanas que costeiam por violentas noites, durante dias e dias, os rios tranquilos, de onde se exala a morte.

Voltou.

E logo nessa tarde a viu a ela, Luísa, clara, fresca, repousada, serena, encostada ao peitoril da janela, com a sua ventarola chinesa. E ao outro dia, sofregamente, foi pedi-la à mãe. Macário tinha feito um ganho saliente – e a mãe Vilaça abriu-lhe uns grandes braços amigos, cheia de exclamações. O casamento decidiu-se para daí a um ano.

– Por quê? – disse eu a Macário.

E ele explicou-me que os lucros de Cabo Verde não podiam constituir um capital definitivo; eram apenas um capital de habilitação. Trazia de Cabo Verde elementos de poderosos negócios: trabalharia, durante um ano, heroicamente, e ao fim poderia, sossegadamente, criar uma família.

E trabalhou; pôs naquele trabalho a força criadora da sua paixão. Erguia-se de madrugada, comia à pressa, mal falava. À tardinha ia visitar Luísa. Depois voltava sôfregamente para a fadiga, como um avaro para o seu cofre. Estava grosso, forte, duro, fero; servia-se com o mesmo ímpeto das ideias e dos músculos; vivia numa tempestade de cifras. Às vezes Luísa, de passagem, entrava no seu armazém; aquele pousar de ave fugitiva dava-lhe alegria, fé, reconforto para todo um mês cheiamente trabalhado.

Por esse tempo o amigo do chapéu de palha veio pedir a Macário que fosse seu fiador por uma grande quantia, que ele pedira para estabelecer uma loja de ferragens em grande. Macário, que estava no vigor do seu crédito, cedeu com alegria. O amigo do chapéu de palha é que lhe dera o negócio providencial de Cabo Verde. Faltavam então dous meses para o casamento. Macário já sentia, por vezes, subirem-lhe ao rosto as febris vermelhidões da esperança. Já começara a tratar dos *banhos*. Mas um dia o amigo do chapéu de palha desapareceu com a mulher de um alferes. O seu estabelecimento estava em começo. Era uma confusa aventura. Não se pôde nunca precisar nitidamente aquele *imbroglio* doloroso. O que era positivo é que Macário era fiador; Macário devia reembolsar. Quando o soube, empalideceu e disse simplesmente:

– Liquido e pago!

E quando liquidou, ficou outra vez pobre. Mas nesse mesmo dia, como o desastre tivera uma grande publicidade, e a sua honra estava santificada na opinião, a casa Peres & Cia, que o mandara a Cabo Verde, veio propor-lhe uma outra viagem e outros ganhos.

– Voltar a Cabo Verde outra vez!

– Faz outra vez fortuna, homem. O Senhor é o diabo! – disse o Senhor Eleutério Peres.

Quando se viu assim, só e pobre, Macário desatou a chorar. Tudo estava perdido, findo, extinto; era necessário recomeçar pacientemente a vida, voltar às longas misérias de Cabo Verde; tornar a tremer os passados desesperos, suar os antigos suores! E Luísa? Macário escreveu-lhe. Depois rasgou a carta. Foi a casa dela; as janelas tinham luz; subiu até o primeiro andar, mas aí tomou-o uma mágoa, uma covardia de revelar o desastre, o pavor trêmulo de uma separação, o terror de ela se recusar, negar-se, hesitar! E quereria ela esperar mais? Não se atreveu a falar, explicar, pedir; desceu, pé ante pé. Era noite. Andou ao acaso pelas ruas; havia um sereno e silencioso luar. Ia sem saber; de repente ouviu, de uma janela alumiada, uma rebeca que tocava a *xácara mourisca*. Lembrou-se do tempo em que conhecera Luísa, do bom sol claro que havia então, e do vestido dela, de cassa com pintas azuis! Estava na rua onde eram os armazéns do tio. Foi caminhando. Pôs-se a olhar para a sua antiga casa. A janela do escritório estava fechada. Quantas vezes dali vira Luísa, e o brando movimento do seu leque chinês! Mas uma janela, no segundo andar, tinha luz; era o quarto do tio. Macário foi observar mais de longe; uma figura estava encostada, por dentro, à vidraça; era o tio Francisco. Veio-lhe uma saudade de todo o seu passado simples, retirado, plácido. Lembrava-lhe o seu quarto, e a velha carteira com fecho de prata, e a miniatura de sua mãe, que estava por cima da barra do leito; a sala de jantar e o seu velho aparador de pau preto, e a grande caneca da água, cuja asa era uma serpente irritada. Decidiu-se, e impelido por um instinto, bateu à porta. Bateu outra vez. Sentiu abrir a vidraça, e a voz do tio perguntar:

– Quem é!

– Sou eu, tio Francisco, sou eu. Venho dizer-lhe adeus.

A vidraça fechou-se, e daí a pouco a porta abriu-se com um grande ruído de ferrolhos. O tio Francisco tinha um candeeiro de azeite na mão. Macário achou-o magro, mais velho. Beijou-lhe a mão.

– Suba – disse o tio.

Macário ia calado, cosido com o corrimão.

Quando chegou ao quarto, o tio Francisco pousou o candeeiro sobre uma larga mesa de pau-santo, e de pé, com as mãos nos bolsos, esperou.

Macário estava calado, anediando a barba.

– Que quer? – gritou-lhe o tio.

– Vinha dizer-lhe adeus; volto para Cabo Verde.

– Boa viagem.

E o tio Francisco, voltando-lhe as costas, foi rufar na vidraça.

Macário ficou imóvel; deu dous passos no quarto, todo revoltado, e ia sair.

– Onde vai, seu estúpido? – gritou-lhe o tio.

– Vou-me.

– Sente-se ali!

E o tio Francisco continuou, com grandes passadas pelo quarto:

– O seu amigo é um canalha! Loja de ferragens! Não está má! O senhor é um homem de bem. Estúpido, mas homem de bem. Sente-se ali! Sente-se! O seu amigo é um canalha! O senhor é um homem de bem! Foi a Cabo Verde! Bem sei! Pagou tudo. Está claro! Também sei! Amanhã faz o favor de ir para a sua carteira, lá para baixo. Mandei pôr palhinha nova na cadeira. Faz favor de pôr na fatura Macário & Sobrinho. E case. Case, e que lhe preste! Levante dinheiro. E meta na minha conta. A sua cama lá está feita.

Macário, estonteado, radioso, com as lágrimas nos olhos, queria abraçá-lo.

– Bem, bem. Adeus!

Macário ia sair.

– Oh! burro, pois quer-se ir desta sua casa?

E, indo a um pequeno armário, trouxe geleia, um covilhete de doce, uma garrafa antiga do Porto e biscoutos.

– Coma!

E sentando-se ao pé dele, e tornando a chamar-lhe estúpido, tinha uma lágrima a correr-lhe pelo engelhado da pele.

De sorte que o casamento foi decidido para dali a um mês. E Luísa começou a tratar do seu enxoval.

Macário estava então na plenitude do amor e da alegria.

Via o fim da sua vida preenchido, completo, feliz. Estava quase sempre em casa da noiva, e um dia andando a acompanhá-la, em compras, pelas lojas; ele mesmo lhe quisera fazer um pequeno presente. A mãe tinha ficado na modista, num primeiro andar da rua do Ouro, e eles tinham descido, alegremente, rindo, a um ourives que havia embaixo, no mesmo prédio, na loja.

O dia estava de inverno, claro, fino, frio, com um grande céu azul-ferrete, profundo, luminoso, consolador.

– Que bonito dia! – disse Macário.

E com a noiva pelo braço, caminhou um pouco, ao comprido do passeio.

– Está! – disse ela. – Mas podem reparar; nós sós...

– Deixa, está tão bom...

– Não, não.

E Luísa arrastou-o brandamente para a loja do ourives. Estava apenas um caixeiro, trigueiro, de cabelo hirsuto.

Macário disse-lhe:

– Queria ver anéis.

– Com pedras – disse Luísa – e o mais bonito.

– Sim, com pedras – disse Macário. – Ametista, granada. Enfim, o melhor.

E, no entanto, Luísa ia examinando as montras forradas de veludo azul, onde reluziam as grossas pulseiras cravejadas, os grilhões, os colares de camafeus, os anéis, as finas *alianças* frágeis como o amor, e toda a cintilação da pesada ourivesaria.

– Vê, Luísa – disse Macário.

O caixeiro tinha estendido, na outra extremidade do balcão, em cima do vidro da montra, um reluzente espalhado de anéis de ouro, de pedras, lavrados, esmaltados; e Luísa, tomando-os e deixando-os com as pontas dos dedos, ia-os correndo e dizendo:

– É feio... É pesado... É largo...

– Vê este – disse-lhe Macário.

Era um anel de pequenas pérolas.

– É bonito – respondeu ela. – É lindo!

– Deixa ver se serve – tornou Macário.

E tomando-lhe a mão, meteu-lhe o anel devagarinho, docemente, no dedo; e ela ria, com os seus brancos dentinhos finos, todos esmaltados.

– É muito largo – disse Macário. – Que pena!

– Aperta-se, querendo. Deixe a medida. Tem-no pronto amanhã.
– Boa ideia – disse Macário – sim senhor. Porque é muito bonito. Não é verdade? As pérolas muito iguais, muito claras. Muito bonito! E estes brincos? – acrescentou, indo ao fim do balcão, a outra montra. – Estes brincos com uma concha?
– Dez moedas – disse o caixeiro.
E, no entanto, Luísa continuava examinando os anéis, experimentando-os em todos os dedos, revolvendo aquela delicada montra, cintilante e preciosa.
Mas, de repente, o caixeiro fez-se muito pálido, e afirmou-se em Luísa, passando vagarosamente a mão pela cara.
– Bem – disse Macário, aproximando-se – então amanhã temos o anel pronto. A que horas?
O caixeiro não respondeu e começou a olhar fixamente para Macário.
– A que horas?
– Ao meio-dia.
– Bem, adeus – disse Macário.
E iam sair. Luísa trazia um vestido de lã azul, que arrastava um pouco, dando uma ondulação melodiosa ao seu passo, e as suas mãos pequeninas estavam escondidas num regalo branco.
– Perdão! – disse de repente o caixeiro.
Macário voltou-se.
– O senhor não pagou...
Macário olhou para ele gravemente.
– Está claro que não. Amanhã venho buscar o anel; pago amanhã.
– Perdão! – insistiu o caixeiro – mas o outro...
– Qual outro? – exclamou Macário com uma voz surpreendida, adiantando-se para o balcão.
– Essa senhora sabe – afirmou o caixeiro. – Essa senhora sabe...
Macário tirou a carteira lentamente.
– Perdão, se há uma conta antiga...
O caixeiro abriu o balcão, e com um aspecto resoluto:
– Nada, meu caro senhor, é de agora. É um anel com dous brilhantes que aquela senhora leva.
– Eu! – disse Luísa, com a voz baixa, toda escarlate.

– Que é? Que está a dizer?

E Macário, pálido, com os dentes cerrados, contraído, fitava o caixeiro colericamente.

O caixeiro disse então:

– Essa senhora tirou dali um anel.

Macário ficou imóvel, encarando-o.

– Um anel com dous brilhantes – continuou o rapaz. – Vi perfeitamente.

O caixeiro estava tão excitado, que a sua voz gaguejava, prendia-se espessamente.

– Essa senhora não sei quem é. Mas tirou o anel. Tirou-o dali...

Macário, maquinalmente, agarrou-lhe no braço, e voltando-se para Luísa, com a palavra abafada, gotas de suor na testa, lívido:

– Luísa, dize...

Mas a voz cortou-se-lhe.

– Eu... – balbuciou ela, trêmula, assombrada, enfiada, decomposta.

E deixou cair o regalo ao chão.

Macário veio para ela, agarrou-lhe no pulso, fitando-a: e o seu aspecto era tão resoluto e tão imperioso, que ela meteu a mão no bolso, bruscamente, apavorada, e mostrando o anel:

– Não me faça mal! – suplicou, encolhendo-se toda.

Macário ficou com os braços caídos, o ar abstrato, os beiços brancos; mas de repente, dando um puxão ao casaco, recuperando-se, disse ao caixeiro:

– Tem razão. Era distração... Está claro! Esta senhora tinha-se esquecido. É o anel. Sim, senhor, evidentemente...Tem a bondade. Toma, filha, toma. Deixa estar, este senhor embrulha-o. Quanto custa?

Abriu a carteira e pagou.

Depois apanhou o regalo, sacudiu-o brandamente, limpou os beiços com o lenço, deu o braço a Luísa, e dizendo ao caixeiro: *desculpe, desculpe*, levou-a, inerte, passiva, aterrada, semimorta.

Deram alguns passos na rua, que um largo sol iluminava intensamente; as seges cruzavam-se, rolando ao estalido do chicote; figuras risonhas passavam, conversando; os pregões subiam em gritos alegres; um cavaleiro de calção de anta fazia ladear o seu cavalo, enfeitado de rosetas; e a rua estava cheia, ruidosa, viva, feliz e coberta de sol.

Macário ia maquinalmente, como no fundo de um sonho. Parou a uma esquina. Tinha o braço de Luísa passado no seu; e via-lhe a mão pendente, a sua linda mão de cera, com as veias docemente azuladas, os dedos finos e amorosos; era a mão direita, e aquela mão era a da sua noiva! E, instintivamente, leu o cartaz que anunciava, para esta noite, *Palafox em Saragoça*.

De repente, soltando o braço de Luísa, disse-lhe baixo:

– Vai-te.

– Ouve!... – rogou ela, com a cabeça toda inclinada.

– Vai-te. – E com a voz abafada e terrível: – Vai-te. Olha que chamo. Mando-te para o Aljube. Vai-te.

– Mas ouve, Jesus!

– Vai-te! – E fez um gesto, com o punho cerrado.

– Pelo amor de Deus, não me batas aqui! – disse ela, sufocada.

– Vai-te! Podem reparar. Não chores. Olha que veem. Vai-te!

E chegando-se para ela, disse baixo:

– És uma ladra!

E voltando-lhe as costas, afastou-se, devagar, riscando o chão com a bengala.

A distância, voltou-se; ainda viu, através dos vultos, o seu vestido azul.

Como partiu nessa tarde para a província, não soube mais daquela rapariga loura.

O SUAVE MILAGRE

Nesse tempo Jesus ainda se não afastara da Galileia e das doces, luminosas margens do Lago de Tiberíades: – mas a nova dos seus milagres penetrara já até Enganim, cidade rica, de muralhas fortes, entre olivais e vinhedos, no país de Issacar.

Uma tarde um homem de olhos ardentes e deslumbrados passou no fresco vale, e anunciou que um novo Profeta, um Rabi formoso, percorria os campos e as aldeias da Galileia, predizendo a chegada do reino de Deus, curando todos os males humanos. E enquanto descansava, sentado à beira da *Fonte dos Vergéis*, contou ainda que esse Rabi, na estrada de Magdala, sarara da lepra o servo de um decurião romano, só com estender sobre ele a sombra das suas mãos; e que noutra manhã, atravessando numa barca para a terra dos Gerassênios, onde começava a colheita do bálsamo, ressuscitara a filha de Jairo, homem considerável e douto que comentava os livros na sinagoga. E como em redor, assombrados, seareiros, pastores, e as mulheres trigueiras com a bilha no ombro, lhe perguntassem se esse era, em verdade, o messias de Judeia, e se diante dele refulgia a espada de fogo, e se o ladeavam, caminhando como as sombras de duas torres, as sombras de Gogue e de Magogue – o homem, sem mesmo beber daquela água tão fria de que bebera Josué, apanhou o cajado, sacudiu os cabelos, e meteu pensativamente por sob o Aqueduto, logo sumido na espessura das amendoeiras em flor. Mas uma esperança, deliciosa como o orvalho nos meses em que canta a cigarra, refrescou as almas simples; logo, por toda a campina que verdeja até Ascalon, o arado pareceu mais brando de enterrar, mais leve de mover a pedra do lagar; as crianças, colhendo ramos de anêmonas, espreitavam pelos caminhos se além da esquina do muro, ou de sob o sicômoro, não surgiria uma claridade; e nos bancos de pedra, às portas da cidade, os velhos, correndo os dedos pelos fios das barbas, já não desenrolavam, com tão sapiente certeza, os ditames antigos.

Ora então vivia em Enganim um velho, por nome Obede, de uma família pontifical de Samaria, que sacrificara nas aras do Monte Ebal, senhor de fartos rebanhos e de fartas vinhas – e com o coração tão cheio de orgulho como o seu celeiro de trigo. Mas um vento árido e abrasado, esse vento de desolação que ao mando do Senhor sopra das torvas terras de Assur, matara as reses mais gordas das suas manadas, e pelas encostas onde as suas vinhas se enroscavam ao olmo, e se estiravam na latada airosa, só deixara, em torno dos olmos e pilares despidos, sarmentos, cepas mirradas, e a parra roída de crespa ferrugem. E Obede, agachado à soleira da sua porta, com a ponta do manto sobre a face, palpava a poeira, lamentava a velhice, ruminava queixumes contra Deus cruel.

Apenas ouvira falar desse novo Rabi da Galileia, que alimentava as multidões, amedrontava os demônios, emendava todas as desventuras – Obede, homem lido, que viajara na Fenícia, logo pensou que Jesus seria um desses feiticeiros, tão costumados na Palestina, como Apolônio, ou Rabi Ben-Dossa, ou Simão, o Sutil. Esses, mesmo nas noites tenebrosas, conversam com as estrelas, para eles sempre claras e fáceis nos seus segredos; com uma vara afugentam de sobre as searas os moscardos gerados nos lodos do Egito; e agarram entre os dedos as sombras das árvores, que conduzem, como toldos benéficos, para cima das eiras, à hora da sesta. Jesus da Galileia, mais novo, com magias mais viçosas decerto, se ele largamente o pagasse, sustaria a mortandade dos seus gados, reverdeceria os seus vinhedos. Então Obede ordenou aos seus servos que partissem, procurassem por toda a Galileia o Rabi novo, e com promessa de dinheiros ou alfaias o trouxessem a Enganim, no país de Issacar.

Os servos apertaram os cinturões de couro – e largaram pela estrada das caravanas, que, costeando o Lago, se estende até Damasco. Uma tarde, avistaram sobre o poente, vermelho como uma romã muito madura, as neves finas do monte Hermo. Depois, na frescura de uma manhã macia, o Lago de Tiberíades resplandeceu diante deles, transparente, coberto de silêncio, mais azul que o céu, todo orlado de prados floridos, de densos vergéis, de rochas de pórfiro, e de alvos terraços por entre os palmares, sob o voo das rolas. Um pescador que desamarrava preguiçosamente a sua barca de uma ponta de relva, assombreada de aloendros, escutou, sorrindo, os servos. O Rabi de Nazaré? Oh! desde o mês de Ijar, o Rabi descera, com os seus discípulos, para os lados para onde o Jordão leva as águas.

Os servos, correndo, seguiram pelas margens do rio, até adiante do vau, onde ele se estira num largo remanso, e descansa, e um instante dorme, imóvel e verde, à sombra dos tamarindos. Um homem da tribo dos Essênios, todo vestido de linho branco, apanhava lentamente ervas salutares, pela beira da água, com um cordeirinho branco ao colo. Os servos humildemente saudaram-no, porque o povo ama aqueles homens de coração tão limpo, e claro, e cândido como as suas vestes cada manhã lavadas em tanques purificados. E sabia ele da passagem do novo Rabi da Galileia que, como os Essênios, ensinava a doçura e curava as gentes e os gados? O Essênio murmurou que o Rabi atravessara o oásis de Engada, depois se adiantara para além... – Mas onde, "além?" – Movendo um ramo de flores roxas que colhera, o Essênio mostrou as terras de além Jordão, a planície de Moabe. Os servos vadearam o rio – e debalde procuraram Jesus, arquejando pelos rudes trilhos, até as fragas onde se ergue a cidadela sinistra de Macaur... No Poço de Iacube repousava uma larga caravana, que conduzia para o Egito mirra, especiarias e bálsamos de Gileade: e os cameleiros, tirando a água com os baldes de couro, contaram aos servos de Obede que em Gádares, pela lua nova, um Rabi maravilhoso, maior que Davi ou Isaías, arrancara sete demônios do peito de uma tecedeira, e que, à sua voz, um homem degolado pelo salteador Barrabás, se erguera da sua sepultura e recolhera ao seu horto. Os servos, esperançados, subiram logo açodadamente pelo caminho dos peregrinos até Gádares, cidade de altas torres e ainda mais longe até as nascentes de Amalha... Mas Jesus, nessa madrugada, seguido por um povo que cantava e sacudia ramos de mimosa, embarcara no Lago, num batel de pesca, e à vela navegara para Magdala. E os servos de Obede, descoroçoados, de novo passaram o Jordão na Ponte das Filhas de Jacó. Um dia, já com as sandálias rotas dos longos caminhos, pisando já as terras da Judeia romana, cruzaram um fariseu sombrio, que recolhia a Efraim, montado na sua mula. Com devota reverência detiveram o homem da Lei. Encontrara ele, por acaso, esse Profeta novo da Galileia que, como um deus passeando na terra, semeava milagres? A adunca face do fariseu escureceu enrugada – e a sua cólera retumbou como um tambor orgulhoso:

– Oh escravos pagãos! Oh blasfemos! Onde ouvistes que existissem profetas ou milagres fora de Jerusalém? Só Jeová tem força no seu Templo. De Galileia surdem os néscios e os impostores...

E como os servos recuavam ante o seu punho erguido, todo enrodilhado de dísticos sagrados – o furioso Doutor saltou da mula, e, com as pedras da estrada, apedrejou os servos de Obede, uivando: *Raca! Raca!* e todos os anátemas rituais. Os servos fugiram para Enganim. E grande foi a desconsolação de Obede, porque os seus gados morriam, as suas vinhas secavam, – e todavia, radiantemente, como uma alvorada por detrás de serras, crescia, consoladora e cheia de promessas divinas, a fama de Jesus da Galileia.

Por esse tempo, um centurião romano, Públio Séptimo, comandava o Forte que domina o vale de Cesareia, até a cidade e ao mar. Públio, homem áspero, veterano da campanha de Tibério contra os partas, enriquecera durante a revolta de Samaria com presas e saques; possuía minas na Ática, e gozava, como favor supremo dos deuses, a amizade de Flaco, legado imperial da Síria. Mas uma dor roía a sua prosperidade muito poderosa, como um verme rói um fruto muito suculento. Sua filha única, para ele mais amada que vida e bens, definhava com um mal sutil e lento, estranho mesmo ao saber dos esculápios e mágicos que ele mandara consultar a Sídon e a Tiro. Branca e triste como a lua num cemitério, sem um queixume, sorrindo palidamente a seu pai, definhava, sentada na alta esplanada do forte, sob um velário, alongando saudosamente os negros olhos tristes pelo azul do mar de Tiro, por onde ela navegara da Itália, numa opulenta galera. Ao seu lado, por vezes, um legionário, entre as ameias, apontava vagarosamente ao alto a flecha, e varava uma grande águia, voando de asa serena, no céu rutilante. A filha de Séptimo seguia um momento a ave, torneando até bater morta sobre as rochas: – depois, com um suspiro, mais triste e mais pálida, recomeçava a olhar para o mar.

Então Séptimo, ouvindo contar, a mercadores de Corazim, deste Rabi admirável, tão potente sobre os Espíritos, que sarava os males tenebrosos da alma, destacou três decúrias de soldados para que o procurassem pela Galileia, e por todas as cidades da Decápolis, até a costa e até Áscalon. Os soldados enfiaram os escudos nos sacos de lona, espetaram nos elmos ramos de oliveira – e as suas sandálias ferradas apressadamente se afastaram, ressoando sobre as lajes de basalto da estrada romana, que desde Cesareia até ao Lago corta toda a tetrarquia de Herodes. As suas armas, de noite, brilhavam no topo das colinas, por entre a chama ondeante dos archotes erguidos. De dia invadiam os casais, rebuscavam a espessura dos pomares, esfuracavam com a ponta das lanças a palha das medas; e as mulheres, assustadas, para os amansar, logo acudiam com bolos de mel, figos novos, e malgas cheias de vinho, que eles bebiam de um trago, sentados à sombra dos sicômoros. Assim correram a Baixa Galileia – e, do Rabi, só encontraram o sulco luminoso nos corações. Enfastiados com as inúteis marchas, desconfiando que os judeus sonegassem o seu feiticeiro para que romanos não aproveitassem do superior feitiço, derramavam com tumulto a sua cólera, através da piedosa terra submissa. À entrada das pontes detinham os peregrinos, gritando o nome do Rabi, rasgando os véus às virgens; e, à hora em que os cântaros se enchem nas cisternas, invadiam as ruas estreitas dos burgos, penetravam nas sinagogas, e batiam sacrilegamente com os punhos das espadas nas

Thebahs, os Santos Armários de cedro que continham os Livros Sagrados. Nas cercanias de Hébron arrastaram os Solitários pelas barbas para fora das grutas, para lhes arrancar o nome do deserto ou do palmar em que se ocultava o Rabi: – e dous mercadores fenícios que vinham de Jopé com uma carga de malobatro, e a quem nunca chegara o nome de Jesus, pagaram por esse delito cem dracmas a cada decurião. Já a gente dos campos, mesmo os bravios pastores de Idumeia, que levam as reses brancas para o Templo, fugiam espavoridos para as serranias, apenas luziam, nalguma volta do caminho as armas do bando violento. E da beira dos eirados, as velhas sacudiam como taleigos a ponta dos cabelos desgrenhados, e arrojavam sobre eles as Más Sortes, invocando a vingança de Elias. Assim tumultuosamente erraram até Áscalon; não encontraram Jesus; e retrocederam ao longo da costa, enterrando as sandálias nas areias ardentes.

Uma madrugada, perto de Cesareia, marchando num vale, avistaram sobre um outeiro um verde-negro bosque de loureiros, onde alvejava, recolhidamente, o fino e claro pórtico de um templo. Um velho, de compridas barbas brancas, coroado de folhas de louro, vestido com uma túnica cor de açafrão, segurando uma curta lira de três cordas, esperava gravemente, sobre os degraus de mármore, a aparição do sol. Debaixo, agitando um ramo de oliveira, os soldados bradaram pelo Sacerdote. Conhecia ele um novo Profeta que surgira na Galileia, e tão destro em milagres que ressuscitava os mortos e mudava a água em vinho? Serenamente, alargando os braços, o sereno velho exclamou por sobre a rociada verdura do vale:

– Oh romanos, pois acreditais que em Galileia ou Judeia apareçam profetas consumando milagres? Como pode um bárbaro alterar a Ordem instituída por Zeus?... Mágicos e feiticeiros são vendilhões, que murmuram palavras ocas, para arrebatar a espórtula dos simples... Sem a permissão dos imortais nem um galho seco pode tombar da árvore, nem seca folha pode ser sacudida na árvore. Não há profetas, não há milagres... Só Apolo Délfico conhece o segredo das cousas!

Então, devagar, com a cabeça derrubada, como numa tarde de derrota, os soldados recolheram à fortaleza de Cesareia. E grande foi o desespero de Séptimo, porque sua filha morria, sem um queixume, olhando o mar de Tiro –

e todavia a fama de Jesus, curador dos lânguidos males, crescia, sempre mais consoladora e fresca, como a aragem da tarde que sopra do Hermo e, através dos hortos, reanima e levanta as açucenas pendidas.

Ora entre Enganim e Cesareia, num casebre desgarrado, sumido na prega de um cerro, vivia a esse tempo uma viúva, mais desgraçada mulher que todas as mulheres de Israel. O seu filhinho único, todo aleijado, passara do magro peito a que ela o criara para os farrapos da enxerga apodrecida, onde jazera, sete anos passados, mirrando e gemendo. Também a ela a doença a engelhara dentro dos trapos nunca mudados, mais escura e torcida que uma cepa arrancada. E, sobre ambos, espessamente a miséria cresceu como o bolor sobre cacos perdidos num ermo. Até na lâmpada de barro vermelho, secara há muito o azeite. Dentro da arca pintada não restava grão ou côdea. No estio, sem pasto, a cabra morrera. Depois, no quinteiro, secara a figueira. Tão longe do povoado, nunca esmola de pão ou mel entrava o portal. E só ervas apanhadas nas fendas das rochas, cozidas sem sal, nutriam aquelas criaturas de Deus na Terra Escolhida, onde até às aves maléficas sobrava o sustento!

Um dia um mendigo entrou no casebre, repartiu do seu farnel com a mãe amargurada, e um momento sentado na pedra da lareira, coçando as feridas das pernas, contou dessa grande esperança dos tristes, esse Rabi que aparecera na Galileia, e de um pão no mesmo cesto fazia sete, e amava todas as criancinhas, e enxugava todos os prantos, e prometia aos pobres um grande e luminoso Reino, de abundância maior que a corte de Salomão. A mulher escutava, com olhos famintos. E esse doce Rabi, esperança dos tristes, onde se encontrava? O mendigo suspirou. Ah esse doce Rabi, quantos o desejavam, que se desesperançavam! A sua fama andava por sobre toda a Judeia, como o sol que até por qualquer velho muro se estende e se goza; mas para enxergar a claridade do seu rosto, só aqueles ditosos que o seu desejo escolhia. Obede, tão rico, mandara os seus servos por toda a Galileia para que procurassem Jesus, o chamassem com promessas a Enganim: Séptimo, tão soberano, destacara os seus soldados até a costa do mar, para que buscassem Jesus, o conduzissem, por seu mando, a Cesareia. Errando, esmolando por tantas estradas, ele topara os servos de Obede, depois os legionários de Séptimo. E todos voltavam, como derrotados, com as sandálias rotas, sem ter descoberto em que mata ou cidade, em que toca ou palácio, se escondia Jesus.

A tarde caía. O mendigo apanhou o seu bordão, desceu pelo duro trilho, entre a urze e a rocha. A mãe retomou o seu canto, mais vergada, mais abandonada. E então o filhinho, num murmúrio mais débil que o roçar de uma asa, pediu à mãe que lhe trouxesse esse Rabi, que amava as criancinhas ainda as mais pobres, sarava os males ainda os mais antigos. A mãe apertou a cabeça esguedelhada:

— Oh filho! e como queres que te deixe, e me meta aos caminhos, à procura do Rabi da Galileia? Obede é rico e tem servos, e debalde buscaram Jesus, por areais e colinas, desde Corazim até ao país de Moabe. Séptimo é forte, e tem soldados, e debalde correram por Jesus, desde o Hébron até ao mar! Como queres que te deixe? Jesus anda por muito longe e a nossa dor mora conosco, dentro destas paredes, e dentro delas nos prende. E mesmo que o encontrasse, como convenceria eu o Rabi tão desejado, por quem ricos e fortes suspiram, a que descesse através das cidades até este ermo, para sarar um entrevadinho tão pobre, sobre enxerga tão rota?

A criança, com duas longas lágrimas na face magrinha, murmurou:

— Oh mãe! Jesus ama todos os pequeninos. E eu ainda tão pequeno, e com um mal tão pesado, e que tanto queria sarar!

E a mãe, em soluços:

— Oh meu filho, como te posso deixar? Longas são as estradas da Galileia, e curta a piedade dos homens. Tão rota, tão trôpega, tão triste, até os cães me ladrariam da porta dos casais. Ninguém atenderia o meu recado, e me apontaria a morada do doce Rabi. Oh filho! talvez Jesus morresse... Nem mesmo os ricos e os fortes o encontram. O céu o trouxe, o céu o levou. E com ele para sempre morreu a esperança dos tristes.

Dentre os negros trapos, erguendo as suas pobres mãozinhas que tremiam, a criança murmurou:

— Mãe, eu queria ver Jesus...

E logo, abrindo devagar a porta e sorrindo, Jesus disse à criança:

— Aqui estou.

CIVILIZAÇÃO

I

Eu possuo preciosamente um amigo (o seu nome é Jacinto) que nasceu num palácio, com quarenta contos de renda em pingues terras de pão, azeite e gado.

Desde o berço, onde sua mãe, senhora gorda e crédula de Trás-os-Montes, espalhava, para reter as Fadas Benéficas, funcho e âmbar, Jacinto fora sempre mais resistente e são que um pinheiro das dunas. Um lindo rio, murmuroso e transparente, com um leito muito liso de areia muito branca, refletindo apenas pedaços lustrosos de um céu de verão ou ramagens sempre verdes e de bom aroma, não ofereceria, àquele que o descesse numa barca cheia de almofadas e de *Champagne* gelado, mais doçura e facilidades do que a vida oferecia ao meu camarada Jacinto. Não teve sarampo e não teve lombrigas. Nunca padeceu, mesmo na idade em que se lê Balzac e Musset, os tormentos da sensibilidade. Nas suas amizades foi sempre tão feliz como o clássico Orestes. Do Amor só experimentara o mel – esse mel que o amor invariavelmente concede a quem o pratica, como as abelhas, com ligeireza e mobilidade. Ambição, sentira somente a de compreender bem as ideias gerais, e a "ponta do seu intelecto" (como diz o velho cronista medieval) não estava ainda romba nem ferrugenta... E todavia, desde os vinte e oito anos, Jacinto já se vinha repastando de Schopenhauer, do Eclesiastes, de outros pessimistas menores, e três, quatro vezes por dia, bocejava, com um bocejo cavo e lento, passando os dedos finos sobre as faces, como se nelas só palpasse palidez e ruína. Por quê?

Era ele, de todos os homens que conheci, o mais complexamente civilizado – ou antes aquele que se munira da mais vasta soma de civilização material, ornamental e intelectual. Nesse palácio (floridamente chamado o *Jasmineiro*) que seu pai, também Jacinto, construíra sobre uma honesta casa do século XVII, assoalhada a pinho e branqueada a cal – existia, creio eu, tudo quanto para bem do espírito ou da matéria os homens têm criado, através da incerteza e dor, desde que abandonaram o vale feliz de Septa-Sindu, a terra das Águas Fáceis, o doce país Ariano. A biblioteca, que em duas salas, amplas e claras como praças, forrava as paredes, inteiramente, desde os tapetes de Caramânia até o teto de onde, alternadamente, através de cristais, o sol e a eletricidade vertiam uma luz estudiosa e calma – continha vinte e cinco mil volumes, instalados em ébano, magnificamente revestidos de marroquim escarlate. Só sistemas filosóficos (e com justa prudência, para poupar espaço, o bibliotecário apenas colecionara os que irreconciliavelmente se contradizem) havia mil oitocentos e dezessete!

Uma tarde que eu desejava copiar um ditame de Adam Smith, percorri, buscando este economista ao longo das estantes, oito metros de economia política! Assim se achava formidavelmente abastecido o meu amigo Jacinto de todas as obras essenciais da inteligência – e mesmo da estupidez. E o único inconveniente deste monumental armazém do saber era que todo aquele que lá penetrava, inevitavelmente lá adormecia, por causa das poltronas, que providas de finas pranchas móveis para sustentar o livro, o charuto, o lápis das notas, a taça de café, ofereciam ainda uma combinação oscilante e flácida de almofadas, onde o corpo encontrava logo, para mal do espírito, a doçura, a profundidade e a paz estirada de um leito.

Ao fundo, e como um altar-mor, era o gabinete de trabalho de Jacinto. A sua cadeira, grave e abacial, de couro, com brasões, datava do século XIV, e em torno dela pendiam numerosos tubos acústicos, que, sobre os panejamentos de seda cor de musgo e cor de hera, pareciam serpentes adormecidas e suspensas num velho muro de quinta. Nunca recordo sem assombro a sua mesa, recoberta toda de sagazes e sutis instrumentos para cortar papel, numerar páginas, colar estampilhas, aguçar lápis, raspar emendas, imprimir datas, derreter lacre, cintar documentos, carimbar contas! Uns de níquel, outros de aço, rebrilhantes e frios, todos eram de um manejo laborioso e lento: alguns, com as molas rígidas, as pontas vivas, trilhavam e feriam: e nas largas folhas de papel Whatman em que ele escrevia, e que custavam 500 réis, eu por vezes surpreendi gotas de sangue do meu amigo. Mas a todos ele considerava indispensáveis para compor as suas cartas (Jacinto não compunha obras) assim como os trinta e cinco dicionários, e os manuais, e as enciclopédias, e os guias, e os diretórios, atulhando uma estante isolada, esguia, em forma de torre, que silenciosamente girava sobre o seu pedestal, e que eu denominara o Farol. O que, porém, mais completamente imprimia àquele gabinete um portentoso caráter de civilização eram, sobre as suas peanhas de carvalho, os grandes aparelhos, facilitadores do pensamento, – a máquina de escrever, os autocopistas, o telégrafo Morse, o fonógrafo, o telefone, o teatrofone, outros ainda, todos com metais luzidios, todos com longos fios. Constantemente sons curtos e secos retiniam no ar morno daquele santuário. *Tique, tique, tique! Dlim, dlim, dlim! Craque, craque, craque! Trrre, trrre, trrre!...* Era o meu amigo comunicando. Todos esses fios mergulhados em forças universais, transmitiam forças universais. E elas nem sempre, desgraçadamente, se conservavam domadas e disciplinadas! Jacinto recolhera no fonógrafo a voz do Conselheiro Pinto Porto, uma voz oracular e rotunda, no momento de exclamar com respeito, com autoridade:

– *"Maravilhosa invenção! Quem não admirará os progressos deste século?"*

Pois, numa doce noite de S. João, o meu supercivilizado amigo, desejando que umas senhoras parentas de Pinto Porto (as amáveis Gouveias) admirassem o fonógrafo, fez romper do bocarrão do aparelho, que parece uma trompa, a conhecida voz rotunda e oracular:

– *Quem não admirará os progressos deste século?*

Mas, inábil ou brusco, certamente desconsertou alguma mola vital – porque de repente o fonógrafo começa a redizer, sem descontinuação, interminavelmente, com uma sonoridade cada vez mais rotunda, a sentença do Conselheiro:

– *Quem não admirará os progressos deste século?*

Debalde Jacinto, pálido, com os dedos trêmulos, torturava o aparelho. A exclamação recomeçava, rolava, oracular e majestosa:

– *Quem não admirará os progressos deste século?*

Enervados, retiramos para uma sala distante, pesadamente revestida de panos de Arrás. Em vão! A voz de Pinto Porto lá estava, entre os panos de Arrás, implacável e rotunda:

– *Quem não admirará os progressos deste século?*

Furiosos, enterramos uma almofada na boca do fonógrafo, atiramos por cima mantas, cobertores espessos, para sufocar a voz abominável. Em vão! Sob a mordaça, sob as grossas lãs, a voz rouquejava, surda mas oracular:

– *Quem não admirará os progressos deste século?*

As amáveis Gouveias tinham abalado, apertando desesperadamente os xales sobre a cabeça. Mesmo à cozinha, onde nos refugiamos, a voz descia, engasgada e gosmosa:
– *Quem não admirará os progressos deste século?*
Fugimos espavoridos para a rua.
Era de madrugada. Um fresco bando de raparigas, de volta das fontes, passava cantando com braçados de flores:

> *Todas as ervas são bentas*
> *Em manhã de S. João...*

Jacinto, respirando o ar matinal, limpava as bagas lentas do suor. Recolhemos ao *Jasmineiro*, com o sol já alto, já quente. Muito de manso abrimos as portas, como no receio de despertar *alguém*. Horror! Logo da antecâmara percebemos sons estrangulados roufenhos: *"admirará... progressos... século!..."* Só de tarde um eletricista pôde emudecer aquele fonógrafo horrendo.

Bem mais aprazível (para mim) do que esse gabinete temerosamente atulhado de civilização – era a sala de jantar, pelo seu arranjo compreensível, fácil e íntimo. À mesa só cabiam seis amigos que Jacinto escolhia com critério na literatura, na arte e na metafísica, e que, entre as tapeçarias de Arrás, representando colinas, pomares e portos da Ática, cheias de classicismo e de luz, renovavam ali repetidamente banquetes que, pela sua intelectualidade, lembravam os de Platão. Cada garfada se cruzava com um pensamento ou com palavras destramente arranjadas em forma de pensamento.

E a cada talher correspondiam seis garfos, todos de feitios dessemelhantes e astuciosos: – um para as ostras, outro para o peixe, outro para as carnes, outro para os legumes, outro para a fruta, outro para o queijo. Os copos, pela diversidade dos contornos e das cores, faziam, sobre a toalha mais reluzente que esmalte, como ramalhetes silvestres espalhados por cima de neve. Mas Jacinto e os seus filósofos, lembrando o que o experiente Salomão ensina sobre as ruínas e amarguras do vinho, bebiam apenas em três gotas de água uma gota de Bordéus (Chateaubriand, 1860). Assim o recomendam – Hesíodo no seu *Nereu*, e Díocles nas suas *Abelhas*. E de águas havia sempre no *Jasmineiro* um luxo redundante – águas geladas, águas carbonatadas, águas esterilizadas, águas gasosas, águas de sais, águas minerais, outras ainda, em garrafas sérias, com tratados terapêuticos impressos no rótulo... O cozinheiro, mestre Sardão, era daqueles que Anaxágoras equiparava aos retóricos, aos oradores, a todos os que sabem a arte divina de "temperar e servir a Ideia": e em Síbaris, cidade do Viver Excelente, os magistrados teriam votado a mestre Sardão, pelas festas de Juno Lacínia, a coroa de folhas de ouro e a túnica Milésia que se devia aos benfeitores cívicos. A sua sopa de alcachofras e ovas de carpa; os seus filés de veado macerados em velho Madeira com *purée* de nozes; as suas amoras geladas em éter, outros acepipes ainda, numerosos e profundos (e os únicos que tolerava o meu Jacinto) eram obras de um artista, superior pela abundância das ideias novas – e juntavam sempre a raridade do sabor à magnificência da forma. Tal prato desse mestre incomparável, parecia, pela ornamentação, pela graça florida dos lavores, pelo arranjo dos coloridos frescos e cantantes, uma joia esmaltada do cinzel de Cellini ou Meurice. Quantas tardes eu desejei fotografar aquelas composições de excelente fantasia, antes que o trinchante as retalhasse! E esta superfinidade do comer condizia deliciosamente com a do servir. Por sobre um tapete, mais fofo e mole que o musgo da floresta da Brocelianda, deslizavam, como sombras fardadas de branco, cinco criados e um pajem preto, à maneira vistosa do século XVIII. As travessas (de prata) subiam da cozinha e da copa por dous ascensores: um para as iguarias quentes, forrado de tubos onde a água fervia; outro, mais lento, para as iguarias frias, forrado de zinco, amônia e sal, e ambos escondidos por flores tão densas e viçosas, que era como se até a sopa saísse fumegando dos românticos jardins de Armida. E muito bem me lembro de um domingo de maio em que, jantando com Jacinto um bispo, o erudito Bispo de Corazim, o peixe emperrou no meio do ascensor, sendo necessário que acudissem, para o extrair, pedreiros com alavancas.

II

Nas tardes em que havia "banquete de Platão" (que assim denominávamos essas festas de trufas e ideias gerais), eu, vizinho e íntimo, aparecia ao declinar do sol, e subia familiarmente aos quartos do nosso Jacinto – onde o encontrava sempre incerto entre as suas casacas, porque as usava alternadamente de seda, de pano, de flanelas Jaegher, e de *foulard* das Índias. O quarto respirava o frescor e aroma do jardim por duas vastas janelas, providas magnificamente (além das cortinas de seda mole Luís XV) de uma vidraça exterior de cristal inteiro, de uma vidraça interior de cristais miúdos, de um toldo rolando na cimalha, de um estore de sedinha frouxa, de gases que franziam e se enrolavam como nuvens, e de uma gelosia móvel de gradaria mourisca. Todos estes resguardos (sábia invenção de Holland & Cia, de Londres) serviam a graduar a luz e o ar – segundo os avisos de termômetros, barômetros e higrômetros, montados em ébano, e a que um meteorologista (Cunha Guedes) vinha, todas as semanas, verificar a precisão.

Entre estas duas varandas rebrilhava a mesa de *toilette*, uma mesa enorme de vidro, toda de vidro, para a tornar impenetrável aos micróbios, e coberta de todos esses utensílios de asseio e alinho que o homem do século XIX necessita numa capital, para não desfear o conjunto suntuário da civilização. Quando o nosso Jacinto, arrastando as suas engenhosas chinelas de pelica e seda, se acercava desta ara – eu, bem aconchegado num divã, abria com indolência uma revista, ordinariamente a *Revista Electropática*, ou a das *Indagações Psíquicas*. E Jacinto começava... Cada um desses utensílios de aço, de marfim, de prata, impunham ao meu amigo, pela influência onipoderosa que as cousas exercem sobre o dono (*sunt tyranniæ rerum*) o dever de o utilizar com aptidão e deferência. E assim as operações do alindamento de Jacinto apresentavam a prolixidade, reverente e insuprimível, dos ritos de um sacrifício.

Começava pelo cabelo... Com uma escova chata, redonda e dura, acamava o cabelo, corredio e louro, no alto, aos lados da risca; com uma escova estreita e recurva, à maneira do alfanje de um persa, ondeava o cabelo sobre a orelha; com uma escova côncava, em forma de telha, empastava o cabelo, por trás, sobre a nuca... Respirava e sorria. Depois, com uma escova de longas cerdas, fixava o bigode; com uma escova leve e flácida acurvava as sobrancelhas; com uma escova feita de penugem regularizava as pestanas. E deste modo Jacinto ficava diante do espelho, passando pelos sobre o seu pelo, durante quatorze minutos.

Penteado e cansado, ia purificar as mãos. Dous criados, ao fundo, manobravam com perícia e vigor os aparelhos do lavatório – que era apenas um resumo dos maquinismos monumentais da sala de banho. Ali, sobre o mármore verde e róseo do lavatório, havia apenas duas duchas (quente e fria) para a cabeça, quatro jatos, graduados desde *zero até cem graus*; o vaporizador de perfumes; a fonte de água esterilizada (para os dentes); o repuxo para a barba; e ainda torneiras que rebrilhavam e botões de ébano que, de leve roçados, desencadeavam o marulho e o estridor de torrentes nos Alpes... Nunca eu, para molhar os dedos, me cheguei àquele lavatório sem terror – escarmentado da tarde amarga de janeiro em que bruscamente, dessoldada a torneira, o jato de água a *cem graus* rebentou, silvando e fumegando, furioso, devastador... Fugimos todos, espavoridos. Um clamor atroou o *Jasmineiro*. O velho Grilo, escudeiro que fora do Jacinto pai, ficou coberto de empolas na face, nas mãos fiéis.

Quando Jacinto acabava de se enxugar laboriosamente a toalhas de felpo, de linho, de corda entrançada (para restabelecer a circulação), de seda frouxa (para lustrar a pele) bocejava, com um bocejo cavo e lento.

E era este bocejo, perpétuo e vago, que nos inquietava a nós, seus amigos e filósofos. Que faltava a este homem excelente? Ele tinha a sua inabalável saúde de pinheiro bravo, crescido nas dunas; uma luz da inteligência, própria a tudo alumiar, firme e clara sem tremor ou morrão, quarenta magníficos contos de renda; todas as simpatias de uma cidade chasqueadora e cética; uma vida varrida de sombras, mais liberta e lisa do que um céu de verão... E todavia bocejava constantemente, palpava na face, com os dedos finos, a palidez e as rugas. Aos trinta anos Jacinto corcovava, como sob um fardo injusto! E pela morosidade desconsolada de toda a sua ação parecia ligado, desde os dedos até à vontade, pelas malhas apertadas de uma rede que se não via e que o travava. Era doloroso testemunhar o fastio com que ele, para apontar um endereço, tomava o seu lápis pneumático, a sua pena elétrica – ou, para avisar o cocheiro, apanhava o tubo telefônico!... Neste mover lento do braço magro, nos vincos que lhe arrepanhavam o nariz, mesmo nos seus silêncios, longos e derreados, se sentia o brado constante que lhe ia na alma: – *Que maçada! Que maçada!* Claramente a vida era para Jacinto um cansaço – ou por laboriosa e difícil, ou por desinteressante e oca. Por isso o meu pobre amigo procurava constantemente juntar à sua vida novos interesses, novas facilidades. Dous inventores, homens de muito zelo e pesquisa, estavam encarregados, um em Inglaterra, outro na América, de lhe noticiar e de lhe fornecer todas as invenções, as mais miúdas, que concorressem a aperfeiçoar a confortabilidade do *Jasmineiro*. De resto, ele próprio se correspondia com Édison. E, pelo lado do pensamento, Jacinto não cessava também de buscar interesses e emoções que o reconciliassem com a vida – penetrando à cata dessas emoções e desses interesses pelas veredas mais desviadas do saber, a ponto de devorar, desde janeiro a março, setenta e sete volumes sobre a *evolução das ideias morais entre as raças negroides*. Ah! nunca homem deste século batalhou mais esforçadamente contra a *seca de viver!* Debalde! Mesmo de explorações tão cativantes como essa, através da moral dos negroides, Jacinto regressava mais murcho, com bocejos mais cavos!

E era então que ele se refugiava intensamente na leitura de Schopenhauer e do Eclesiastes. Por quê? Sem dúvida porque ambos esses pessimistas o confirmavam nas conclusões que ele tirava de uma experiência paciente e rigorosa: "que tudo é vaidade ou dor que, quanto mais se sabe, mais se pena, e que ter sido rei de Jerusalém e obtido os gozos todos na vida só leva a maior amargura..." Mas por que rolara assim a tão escura desilusão – o saudável, rico, sereno e intelectual Jacinto? O velho escudeiro Grilo pretendia que "Sua Excelência sofria de fartura!"

III

Ora justamente depois desse inverno, em que ele se embrenhara na moral dos negroides e instalara a luz elétrica entre os arvoredos do jardim, sucedeu que Jacinto teve a necessidade moral iludível de partir para o Norte, para o seu velho solar de Torges. Jacinto não conhecia Torges, e foi com desusado tédio que ele se preparou, durante sete semanas, para essa jornada agreste. A quinta fica nas serras – e a rude casa solarenga, onde ainda resta uma torre do século XV, estava ocupada, havia trinta anos, pelos caseiros, boa gente de trabalho, que comia o seu caldo entre a fumaraça da lareira, e estendia o trigo a secar nas salas senhoriais.

Jacinto, logo nos começos de março, escrevera cuidadosamente ao seu procurador Sousa, que habitava a aldeia de Torges, ordenando-lhe que compusesse os telhados, caiasse os muros, envidraçasse as janelas. Depois mandou expedir, por comboios rápidos, em caixotes que transpunham a custo os portões do *Jasmineiro*, todos os confortos necessários a duas semanas de montanha-camas de penas, poltronas, divãs, lâmpadas de Carcel, banheiras de níquel, tubos acústicos para chamar os escudeiros, tapetes persas para amaciar os soalhos. Um dos cocheiros partiu com um *coupé*, uma vitória, um *break*, mulas e guizos.

Depois foi o cozinheiro, com a bateria, a garrafeira, a geleira, bocais de trufas, caixas profundas de águas minerais. Desde o amanhecer, nos pátios largos do palacete, se pregava, se martelava, como na construção de uma cidade. E as bagagens, desfilando, lembravam uma página de Heródoto ao narrar a invasão persa. Jacinto emagrecera com os cuidados daquele êxodo. Por fim, largamos numa manhã de junho, com o Grilo, e trinta e sete malas.

Eu acompanhava Jacinto, no meu caminho para Guiães, onde vive minha tia, a uma légua farta de Torges; e íamos num vagão reservado, entre vastas almofadas, com perdizes e *Champagne* num cesto. A meio da jornada devíamos mudar de comboio – nessa estação, que tem um nome sonoro em *ola* e um tão suave e cândido jardim de roseiras brancas. Era domingo de imensa poeira e sol – e encontramos aí, enchendo a plataforma estreita, todo um povaréu festivo que vinha da romaria de S. Gregório da Serra.

Para aquele trasbordo, em tarde de arraial, o horário só nos concedia três minutos avaros. O outro comboio já esperava, rente aos alpendres, impaciente e silvando. Uma sineta badalava com furor. E, sem mesmo atender às lindas moças que ali saracoteavam, aos bandos, afogueadas, de lenços flamejantes, o seio farto coberto de ouro, e a imagem do santo espetada no chapéu – corremos, empurramos, furamos, saltamos para o outro vagão, já reservado, marcado por um cartão com as iniciais de Jacinto. Imediatamente o trem rolou. Pensei então no nosso Grilo, nas trinta e sete malas! E debruçado da portinhola avistei ainda junto ao cunhal da estação, sob os eucaliptos, um monte de bagagens, e homens de boné agaloado que, diante delas, bracejavam com desespero.

Murmurei, recaindo nas almofadas:

– Que serviço!

Jacinto, ao canto, sem descerrar os olhos, suspirou:

– Que maçada!

Toda uma hora deslizamos lentamente entre trigais e vinhedo; e ainda o sol batia nas vidraças, quente e poeirento, quando chegamos à estação de Gondim, onde o procurador de Jacinto, o excelente Sousa, nos devia esperar com cavalos para treparmos a serra até ao solar de Torges. Por trás do jardim da estação, todo florido também de rosas e margaridas, Jacinto reconheceu logo as suas carruagens ainda empacotadas em lona.

Mas quando nos apeamos no pequeno cais branco e fresco – só houve em torno de nós solidão e silêncio... Nem procurador, nem cavalos! O chefe da estação, a quem eu perguntara com ansiedade "se não aparecera ali o Senhor Sousa, se não conhecia o Senhor Sousa", tirou afavelmente o seu boné de galão. Era um moço gordo e redondo, com cores de maçã camoesa, que trazia sob o braço um volume de versos. "Conhecia perfeitamente o Senhor Sousa! Três semanas antes jogara ele a manilha com o Senhor Sousa! Nessa tarde, porém, infelizmente, não avistara o Senhor Sousa!" O comboio desaparecera por detrás das fragas altas que ali pendem sobre o rio. Um carregador enrolava o cigarro, assobiando. Rente da grade do jardim, uma velha, toda de negro, dormitava agachada no chão, diante de uma cesta de ovos. E o nosso Grilo, e as nossas bagagens?... O chefe encolheu risonhamente os ombros nédios. Todos os nossos bens tinham encalhado, decerto, naquela estação de roseiras brancas que tem um nome sonoro em *ola*. E nós ali estávamos, perdidos na serra agreste, sem procurador, sem cavalos, sem Grilo, sem malas.

Para que esfiar miudamente o lance lamentável? Ao pé da estação, numa quebrada da serra, havia um casal foreiro à quinta, onde alcançamos, para nos levarem e nos guiarem a Torges, uma égua lazarenta, um jumento branco, um rapaz e um podengo. E aí começamos a trepar, enfastiadamente, esses caminhos agrestes – os mesmos, decerto, por onde vinham e iam, de monte a rio, os Jacintos do século XV. Mas, passada uma trêmula ponte de pau que galga um ribeiro todo quebrado por fragas (e onde abunda a truta adorável) os nossos males esqueceram, ante a inesperada, incomparável beleza daquela serra bendita. O divino artista que está nos céus compusera, certamente, esse monte numa das suas manhãs de mais solene e bucólica inspiração.

A grandeza era tanta como a graça... Dizer os vales fofos de verdura, os bosques quase sacros, os pomares cheirosos e em flor, a frescura das águas cantantes, a ermidinhas branqueando nos altos, as rochas musgosas, o ar de uma doçura de paraíso, toda a majestade e toda a lindeza – não é para mim, homem de pequena arte. Nem creio mesmo que fosse para mestre Horácio. Quem pode dizer a beleza das cousas, tão simples e inexprimível? Jacinto adiante, na égua tarda, murmurava:

– Ah! que beleza!

Eu atrás, no burro, com as pernas bambas, murmurava:

– Ah! que beleza!

Os espertos regatos riam, saltando de rocha em rocha. Finos ramos de arbustos floridos roçavam as nossas faces, com familiaridade e carinho. Muito tempo um melro nos seguiu, de choupo para castanheiro, assobiando os nossos louvores. Serra bem acolhedora e amável... Ah! que beleza!

Por entre *ahs* maravilhados chegamos a uma avenida de faias, que nos pareceu clássica e nobre. Atirando uma nova vergastada ao burro e à égua, o nosso rapaz, com o seu podengo ao lado, gritava:

– Aqui é que *estemos!*

E ao fundo das faias havia, com efeito, um portão de quinta, que um escudo de armas de velha pedra, roída de musgo, grandemente afidalgava. Dentro já os cães ladravam com furor. E mal Jacinto, e eu atrás dele no burro de Sancho, transpusemos o limiar solarengo, correu para nós, do alto da escadaria, um homem branco, rapado como um clérigo, sem colete, sem jaleca, que erguia para o ar, num assombro, os braços desolados. Era o caseiro, o Zé Brás. E logo ali, nas pedras do pátio, entre o latir dos cães, surdiu uma tumultuosa história, que o pobre Brás balbuciava, aturdido, e que enchia a face de Jacinto de lividez e de cólera. O caseiro não esperava Sua Excelência. Ninguém esperava Sua Excelência (Ele dizia *sua inselência*).

O procurador, o Senhor Sousa, estava para a raia desde maio, a tratar a mãe que levara um couce de mula. E de certo houvera engano, cartas perdidas... Porque o Senhor Sousa só contava com Sua Excelência... em setembro, para a vindima. Na casa nenhuma obra começara. E, infelizmente para Sua Excelência, os telhados ainda estavam sem telhas, e as janelas sem vidraças...

Cruzei os braços, num justo espanto. Mas os caixotes – esses caixotes remetidos para Torges, com tanta prudência, em abril, repletos de colchões, de regalos, de civilização?... O caseiro, vago, sem compreender, arregalava os olhos miúdos onde já bailavam lágrimas. Os caixotes?! Nada chegara, nada aparecera. E na sua perturbação o Zé Brás procurava entre as arcadas do pátio, nas algibeiras das pantalonas... Os caixotes? Não, não tinha os caixotes!

Foi então que o cocheiro de Jacinto (que trouxera os cavalos e as carruagens) se acercou, gravemente. Esse era um civilizado – e acusou logo o

Governo. Já quando ele servia o Senhor Visconde de S. Francisco se tinham assim perdido, por desleixo do Governo, da cidade para a serra, dous caixotes com vinho velho da Madeira e roupa branca de senhora. Por isso ele, escarmentado, sem confiança na nação, não largara as carruagens – e era tudo o que restava a Sua Excelência: o *break*, a vitória, o *coupé* e os guizos. Somente, naquela rude montanha, não havia estradas onde elas rolassem. E como só podiam subir para a quinta em grandes carros de bois – ele lá as deixara embaixo, na estação, quietas, empacotadas na lona...

Jacinto ficara plantado diante de mim, com as mãos nos bolsos:

– E agora?

Nada restava senão recolher, cear o caldo do tio Zé Brás, e dormir nas palhas que os fados nos concedessem. Subimos. A escadaria nobre conduzia a uma varanda, toda coberta, em alpendre, acompanhando a fachada do casarão e ornada, entre os seus grossos pilares de granito, por caixotes cheios de terra, em que floriam cravos. Colhi um cravo. Entramos. E o meu pobre Jacinto contemplou, enfim, as salas do seu solar! Eram enormes, com as altas paredes rebocadas a cal que o tempo e o abandono tinham enegrecido, e vazias, desoladamente nuas, oferecendo apenas como vestígio de habitação e de vida, pelos cantos algum monte de cestos ou algum molho de enxadas. Nos tetos remotos de carvalho negro alvejavam manchas – que era o céu já pálido do fim da tarde, surpreendido através dos buracos do telhado. Não restava uma vidraça. Por vezes, sob os nossos passos, uma tábua podre rangia e cedia.

Paramos, enfim, na última, a mais vasta, onde havia duas arcas tulheiras para guardar o grão; e aí depusemos, melancolicamente, o que nos ficara de trinta e sete malas – os paletós alvadios, uma bengala e um *Jornal da Tarde*. Através das janelas desvidraçadas, por onde se avistavam copas de arvoredos e as serras azuis de além-rio, o ar entrava, montesino e largo, circulando plenamente como em um eirado, com aromas de pinheiro bravo. E, lá debaixo, dos vales, subia, desgarrada e triste, uma voz de pegureira cantando. Jacinto balbuciou:

– É horroroso!

Eu murmurei:

– É campestre!

IV

O Zé Brás, no entanto, com as mãos na cabeça, desaparecera a ordenar a ceia para *suas inselências*. O pobre Jacinto, esbarrondado pelo desastre, sem resistência contra aquele brusco desaparecimento de toda a civilização, caíra pesadamente sobre o poial de uma janela, e dali olhava os montes. E eu, a quem aqueles ares serranos e o cantar do pegureiro sabiam bem, terminei por descer à cozinha, conduzido pelo cocheiro, através das escadas e becos, onde a escuridão vinha menos do crepúsculo do que de densas teias de aranha.

A cozinha era uma espessa massa de tons e formas negras, cor de fuligem, onde refulgia ao fundo, sobre o chão de terra, uma fogueira vermelha que lambia grossas panelas de ferro, e se perdia em fumarada pela grade escassa que no alto coava a luz. Aí um bando alvoroçado e palreiro de mulheres depenava frangos, batia ovos, escarolava arroz, com santo fervor... Do meio delas o bom caseiro, estonteado, investiu para mim jurando que "a ceia de *suas inselências* não demorava um credo". E como eu o interrogava a respeito de camas, o digno Brás teve um murmúrio vago e tímido sobre "enxergazinhas no chão".

– É o que basta, Senhor Zé Brás – acudi eu para o consolar.

– Pois assim Deus seja servido! – suspirou o homem excelente, que atravessava, nessa hora, o transe mais amargo da sua vida serrana.

Voltando a cima, com estas consolantes novas de ceia e cama, encontrei ainda o meu Jacinto no poial da janela, embebendo-se todo da doce paz crepuscular, que lenta e caladamente se estabelecia sobre vale e monte. No alto já tremeluzia uma estrela, a Vésper diamantina, que é tudo o que neste céu cristão resta do esplendor corporal de Vênus! Jacinto nunca considerara bem aquela estrela – nem assistira a este majestoso e doce adormecer das cousas. Esse enegrecimento de montes e arvoredos, casais claros fundindo-se na sombra, um toque dormente de sino que vinha pelas quebradas, o cochichar das águas entre relvas baixas – eram para ele como iniciações. Eu estava defronte, no outro poial. E senti-o suspirar como um homem que enfim descansa.

Assim nos encontrou nesta contemplação o Zé Brás, com o doce aviso de que estava na mesa a *ceiazinha*. Era adiante, noutra sala mais nua, mais negra. E aí, o meu supercivilizado Jacinto recuou com um pavor genuíno. Na mesa de pinho, recoberta com uma toalha de mãos, encostada à parede sórdida, uma vela de sebo meio derretida num castiçal de latão, alumiava dous pratos de louça amarela, ladeados por colheres de pau e por garfos de ferro. Os copos, de vidro grosso e baço, conservavam o tom roxo do vinho que neles passara em fartos anos de fartas vindimas. O covilhete de barro com as azeitonas deleitaria, pela sua singeleza ática, o coração de Diógenes. Na larga broa estava cravado um facalhão... Pobre Jacinto!

Mas lá abancou resignado, e muito tempo, pensativamente, esfregou com o seu lenço o garfo negro e a colher de pau. Depois, mudo, desconfiado, provou um gole curto do caldo, que era de galinha e recendia. Provou, e levantou para mim, seu companheiro e amigo, uns olhos largos que luziam, surpreendidos. Tornou a sorver uma colherada de caldo, mais cheia, mais lenta... E sorriu, murmurando com espanto:

– Está bom!

Estava realmente bom: tinha fígado e tinha moela; o seu perfume enternecia. Eu, três vezes, com energia, ataquei aquele caldo; foi Jacinto que rapou a sopeira. Mas já, arredando a broa, arredando a vela, o bom Zé Brás pousara na mesa uma travessa vidrada, que transbordava de arroz com favas. Ora, apesar da fava (que os gregos chamaram *cibória*) pertencer às épocas superiores da civilização, e promover tanto a sapiência que havia em Sício, na Galácia, um templo dedicado a Minerva Ciboriana – Jacinto sempre detestara favas. Tentou todavia uma garfada tímida. De novo os seus olhos, alargados pelo assombro, procuraram os meus. Outra garfada, outra concentração... E eis que o meu dificílimo amigo exclama:

– Está ótimo!

Eram os picantes ares da serra? Era a arte deliciosa daquelas mulheres que embaixo remexiam as panelas, cantando o *Vira, meu bem*? Não sei: – mas os louvores de Jacinto a cada travessa foram ganhando em amplidão e firmeza. E diante do frango louro, assado no espeto de pau, terminou por bradar:

– Está divino!

Nada porém o entusiasmou como o vinho, o vinho caindo de alto, da grossa caneca verde, um vinho gostoso, penetrante, vivo, quente, que tinha em si mais alma que muito poema ou livro santo! Mirando à luz de sebo o copo rude que ele orlava de espuma, eu recordava o dia geórgico em que

Virgílio, em casa de Horácio, sob a ramada, cantava o fresco palhete da Rética. E Jacinto, com uma cor que eu nunca vira na sua palidez schopenháurica, sussurrou logo o doce verso:

Rethica quo te carmina dicat.

Quem dignamente te cantará, vinho daquelas serras?!
Assim jantamos deliciosamente, sob os auspícios do Zé Brás. E depois voltamos para as alegrias únicas da casa, para as janelas desvidraçadas, a contemplar silenciosamente um suntuoso céu de verão, tão cheio de estrelas que todo ele parecia uma densa poeirada de ouro vivo, suspensa, imóvel, por cima dos montes negros. Como eu observei ao meu Jacinto, na cidade nunca se olham os astros por causa dos candeeiros – que os ofuscam; e nunca se entra por isso numa completa comunhão com o universo. O homem nas capitais pertence à sua casa, ou se o impelem fortes tendências de sociabilidade, ao seu bairro. Tudo o isola e o separa da restante natureza – os prédios obstrutores de seis andares, a fumaça das chaminés, o rolar moroso e grosso dos ônibus, a trama encarceradora da vida urbana... Mas que diferença, num cimo de monte, como Torges! Aí todas essas belas estrelas olham para nós de perto, rebrilhando, à maneira de olhos conscientes, umas fixamente, com sublime indiferença, outras ansiosamente, com uma luz que palpita, uma luz que chama, como se tentassem revelar os seus segredos ou compreender os nossos... E é impossível não sentir uma solidariedade perfeita entre esses imensos mundos e os nossos pobres corpos. Todos somos obra da mesma vontade. Todos vivemos da ação dessa vontade imanente. Todos, portanto, desde os Uranos até aos Jacintos, constituímos modos diversos de um ser único, e através das suas transformações somamos na mesma unidade. Não há ideia mais consoladora do que esta – que eu, e tu, e aquele monte, e o sol que, agora, se esconde, somos moléculas do mesmo Todo, governadas pela mesma Lei, rolando para o mesmo Fim. Desde logo se somem as responsabilidades torturantes do individualismo. Que somos nós? Formas sem força, que uma Força impele. E há um descanso delicioso nesta certeza, mesmo fugitiva, de que se é o grão de pó irresponsável e passivo que vai levado no grande vento, ou a gota perdida na torrente! Jacinto concordava, sumido na sombra. Nem ele nem eu sabíamos os nomes

desses astros admiráveis. Eu, por causa da maciça e indesbastável ignorância de bacharel, com que saí do ventre de Coimbra, minha mãe espiritual. Jacinto, porque na sua ponderosa biblioteca tinha *trezentos e dezoito* tratados sobre astronomia! Mas que nos importava, de resto, que aquele astro além se chamasse Sírio e aquele outro Aldebarã? Que lhes importava a eles que um de nós fosse José e o outro Jacinto? Éramos formas transitórias do mesmo ser eterno – e em nós havia o mesmo Deus. E se eles também assim o compreendiam, estávamos ali, nós à janela num casarão serrano, eles no seu maravilhoso infinito, perfazendo um ato sacrossanto, um perfeito ato de Graça – que era sentir conscientemente a nossa unidade, e realizar, durante um instante, na consciência, a nossa divinização.

Assim enevoadamente filosofávamos – quando Zé Brás, com uma candeia na mão, veio avisar que "estavam preparadas as camas de *suas inselências...*" Da idealidade descemos gostosamente à realidade, e que vimos então nós, os irmãos dos astros? Em duas salas tenebrosas e côncavas, duas enxergas, postas no chão, a um canto, com duas cobertas de chita; à cabeceira um castiçal de latão, pousado sobre um alqueire, e aos pés, como lavatório, um alguidar vidrado em cima de uma cadeira de pau!

Em silêncio, o meu supercivilizado amigo palpou a sua enxerga e sentiu nela a rigidez de um granito. Depois, correndo pela face descaída os dedos murchos, considerou que, perdidas as suas malas, não tinha nem chinelas nem roupão! E foi ainda o Zé Brás que providenciou, trazendo ao pobre Jacinto, para ele desafogar os pés, uns tremendos tamancos de pau, e para ele embrulhar o corpo, docemente educado em Síbaris, uma camisa da caseira, enorme, de estopa mais áspera que estamenha de penitente, e com folhos crespos e duros como lavores em madeira... Para o consolar, lembrei que Platão, quando compunha o *Banquete*, Xenofonte, quando comandava os Dez Mil, dormiam em piores catres. As enxergas austeras fazem as fortes almas – e é só vestido de estamenha que se penetra no Paraíso.

– Tem você – murmurou o meu amigo, desatento e seco – alguma cousa que eu leia?... Eu não posso adormecer sem ler!

Eu possuía apenas o número do *Jornal da Tarde*, que rasguei pelo meio, e partilhei com ele fraternalmente. E quem não viu então Jacinto, Senhor de

Torges, acaçapado à borda da enxerga, junto da vela que pingava sobre o alqueire, com os pés nus encafuados nos grossos socos, perdido dentro da camisa da patroa, toda em folhos, percorrendo na metade do *Jornal da Tarde*, com os olhos turvos, os anúncios dos paquetes – não pode saber o que é uma vigorosa e real imagem do desalento!

Assim o deixei – e daí a pouco, estendido na minha enxerga também espartana, subia, através de um sonho jovial e erudito, ao planeta Vênus, onde encontrava, entre os olmos e os ciprestes, num vergel, Platão e Zé Brás, em alta camaradagem intelectual, bebendo o vinho da Rética pelos copos de Torges! Travamos todos três bruscamente uma controvérsia sobre o século XIX. Ao longe, por entre uma floresta de roseiras mais altas que carvalhos, alvejavam os mármores de uma cidade e ressoavam cantos sacros. Não recordo o que Xenofonte sustentou acerca da civilização e do fonógrafo. De repente tudo foi turbado por fuscas nuvens, através das quais eu distinguia Jacinto, fugindo num burro que ele impelia furiosamente com os calcanhares, com uma vergasta, com berros, para os lados do *Jasmineiro*!

V

Cedo, de madrugada, sem rumor, para não despertar Jacinto que, com as mãos sobre o peito, dormia placidamente no seu leito de granito – parti para Guiães. E durante três quietas semanas, naquela vila onde se conservam os hábitos e as ideias do tempo de El-Rei D. Dinis, não soube do meu desconsolado amigo, que decerto fugira dos seus tetos esburacados e remergulhara na civilização. Depois, por uma abrasada manhã de agosto, descendo de Guiães, de novo trilhei a avenida de faias, e entrei o portão solarengo de Torges, entre o furioso latir dos rafeiros. A mulher do Zé Brás apareceu alvoroçada à porta da tulha. E a sua nova foi logo que o Senhor D. Jacinto (em Torges, o meu amigo tinha dom) andava lá embaixo com o Sousa nos campos de Freixomil.

– Então, ainda cá está o Senhor D. Jacinto?!

Sua inselência ainda estava em Torges – e *sua inselência* ficava para a vindima!... Justamente eu reparava que as janelas do solar tinham vidraças novas; e a um canto do pátio pousavam baldes de cal; uma escada de pedreiro ficara arrimada contra a varanda; e num caixote aberto, ainda cheio de palha de empacotar, dormiam dous gatos.

– E o Grilo apareceu?
– O Senhor Grilo está no pomar, à sombra.
– Bem! e as malas?
– O Senhor D. Jacinto já tem o seu saquinho de couro...

Louvado Deus! O meu Jacinto estava, enfim, provido de civilização! Subi contente. Na sala nobre, onde o soalho fora composto e esfregado, encontrei uma mesa recoberta de oleado, prateleiras de pinho com louça branca de Barcelos e cadeiras de palhinha, orlando as paredes muito caiadas que davam uma frescura de capela nova. Ao lado, noutra sala, também de faiscante alvura, havia o conforto inesperado de três cadeiras de verga da Madeira, com braços largos e almofadas de chita; sobre a mesa de pinho, o papel almaço, o candeeiro de azeite, as penas de pato espetadas num tinteiro de frade, pareciam preparadas para um estudo calmo e ditoso de humanidades; e na parede, suspensa de dous pregos, uma estantezinha continha quatro ou cinco livros, folheados e usados: o *D. Quixote*, um *Virgílio*, uma *História de Roma*, as *Crônicas* de Froissart. Adiante era certamente o quarto de D. Jacinto, um quarto claro e casto de estudante, com um catre de ferro, um lavatório de ferro, a roupa pendurada de cabides toscos. Tudo resplandecia de asseio e ordem. As janelas cerradas defendiam do sol de agosto, que escaldava fora os peitoris de pedra. Do soalho, borrifado de água, subia uma fresquidão consoladora. Num velho vaso azul um molho de cravos alegrava e perfumava. Não havia um rumor. Torges dormia no esplendor da sesta. E envolvido naquele repouso de convento remoto, terminei por me estender numa cadeira de verga junto à mesa, abri languidamente o Virgílio, murmurando:

Fortunate Jacinthe! tu inter arva nota
Et fontes sacros frigus captabis opacum.

Já mesmo irreverentemente adormecera sobre o divino bucolista, quando me despertou um brado amigo. Era o nosso Jacinto. E imediatamente o comparei a uma planta, meio murcha e estiolada no escuro, que fora profusamente regada e revivera em pleno sol. Não corcovava. Sobre a sua palidez de supercivilizado, o ar da serra ou a reconciliação com a vida tinham espalhado um tom trigueiro e forte que o virilizava soberbamente. Dos olhos, que na cidade eu lhe conhecera sempre crepusculares, saltava agora um brilho de meio-dia, decidido e largo, que mergulhava francamente na beleza das cousas. Já não passava as mãos murchas sobre a face – batia com elas rijamente na coxa... Que sei eu?! Era uma reencarnação. E tudo o que me contou, pisando alegremente com os sapatos brancos o soalho, foi que se sentira, ao fim de três dias em Torges, como desanuviado, mandara comprar um colchão macio, reunira cinco livros nunca lidos, e ali estava...

– Para todo o verão?

– Para todo o sempre! E agora, homem das cidades, vem almoçar umas trutas que eu pesquei, e compreende enfim o que é o céu.

As trutas eram, com efeito, celestes. E apareceu também uma salada fria de couve-flor e vagens, e um vinho branco de Azães... Mas quem condignamente vos cantará, comeres e beberes daquelas serras?

De tarde, finda a calma, passeamos pelos caminhos, coleando a vasta quinta, que vai de vales a montes. Jacinto parava a contemplar com carinho os milhos altos. Com a mão espalmada e forte batia no tronco dos castanheiros, como nas costas de amigos recuperados. Todo o fio de água, todo o tufo de erva, todo o pé de vinha o ocupava como vidas filiais por que fosse responsável. Conhecia certos melros que cantavam em certos choupos. Exclamava enternecido:

– Que encanto, a flor do trevo!

À noite, depois de um cabrito assado no forno, a que mestre Horácio teria dedicado uma Ode (talvez mesmo um Carme Heroico) conversamos sobre o Destino e a Vida. Eu citei, com discreta malícia, Schopenhauer e o Eclesiastes... Mas Jacinto ergueu os ombros, com seguro desdém. A sua confiança nesses dous sombrios explicadores da vida desaparecera, e irremediavelmente, sem poder mais voltar, como uma névoa que o sol espalha. Tremenda tolice! afirmar que a vida se compõe, meramente, de uma longa ilusão – é erguer um aparatoso sistema sobre um ponto especial e estreito da vida, deixando fora do sistema toda a vida restante, como uma contradição permanente e soberba. Era como se ele, Jacinto, apontando para uma urtiga, crescida naquele pátio, declarasse, triunfalmente: – "Aqui está uma urtiga! Toda a quinta de Torges, portanto, é uma massa de urtigas." – Mas bastaria que o hóspede erguesse os olhos, para ver as searas, os pomares e os vinhedos!

De resto, desses dous ilustres pessimistas, um o alemão, que conhecia ele da vida – dessa vida de que fizera, com doutoral majestade, uma teoria definitiva e dolente? Tudo o que pode conhecer quem, como este genial farsante, viveu cinquenta anos numa soturna hospedaria de província, levantando apenas os óculos dos livros para conversar, à mesa redonda, com os alferes da guarnição! E o outro, o israelita, o homem dos *Cantares*, o muito pedantesco rei de Jerusalém, só descobre que a vida é uma ilusão aos setenta e cinco anos, quando o poder lhe escapa das mãos trêmulas, e o seu serralho de trezentas concubinas se torna ridiculamente supérfluo à sua carcaça frígida. Um dogmatiza funebremente sobre o que não sabe – e o outro sobre o que não pode. Mas que se dê a esse bom Schopenhauer uma vida tão completa e cheia como a de César, e onde estará o seu schopenhaurismo? Que se restitua a esse sultão, besuntado de literatura, que tanto edificou e professorou em Jerusalém, a sua virilidade – e onde estará o Eclesiastes? De resto, que importa bendizer ou maldizer da vida? Afortunada ou dolorosa, fecunda ou vã, ela tem de ser vida. Loucos aqueles que, para a atravessar, se embrulham desde logo em pesados véus de tristeza e desilusão, de sorte que na sua estrada tudo lhe seja negrume, não só as léguas realmente escuras, mas mesmo aquelas em que cintila um sol amável. Na terra tudo vive – e só o homem sente a dor e a desilusão da vida. E tanto mais as sente, quanto mais alarga e acumula a obra dessa inteligência que o torna homem, e que o separa da restante natureza, impensante e inerte. É no máximo de civilização que ele experimenta o máximo de tédio. A sapiência, portanto, está em recuar até esse honesto mínimo de civilização, que consiste em ter um teto de colmo, uma leira de terra e o grão para nela semear. Em resumo, para reaver a felicidade, é necessário regressar ao Paraíso – e ficar lá, quieto, na sua folha de vinha, inteiramente desguarnecido de civilização, contemplando o anho aos saltos entre o tomilho, e sem procurar, nem com o desejo, a árvore funesta da Ciência! *Dixi!*

Eu escutava, assombrado, este Jacinto novíssimo. Era verdadeiramente uma resurreição no magnífico estilo de Lázaro. Ao *surge et ambula* que lhe tinham sussurrado as águas e os bosques de Torges, ele erguia-se do fundo da cova do Pessimismo, desembaraçava-se das suas casacas de Poole, *et ambulabat*, e começava a ser ditoso. Quando recolhi ao meu quarto, àquelas horas honestas que convêm ao campo e ao Otimismo, tomei entre as minhas a mão já firme do meu amigo, e pensando que ele enfim alcançara a verdadeira realeza, porque possuía a verdadeira liberdade, gritei-lhe os meus parabéns à maneira do moralista de Tibur:

Vive et regna, fortunate Jacinthe!

Daí a pouco, através da porta aberta que nos separava, senti uma risada fresca, moça, genuína e consolada. Era Jacinto que lia o *D. Quixote*. Oh bem-aventurado Jacinto! Conservava o agudo poder de criticar, e recuperara o dom divino de rir!

Quatro anos vão passados. Jacinto ainda habita Torges. As paredes do seu solar continuam bem caiadas, mas nuas.

De inverno enverga um gabão de briche e acende um braseiro. Para chamar o Grilo ou a moça, bate as mãos, como fazia Catão. Com os seus deliciosos vagares, já leu a *Ilíada*. Não faz a barba. Nos caminhos silvestres, para e fala com as crianças. Todos os casais da serra o bendizem. Ouço que vai casar com uma forte, sã, e bela rapariga de Guiães. Decerto crescerá ali uma tribo, que será grata ao Senhor!

Como ele, recentemente, me mandou pedir livros da sua livraria (uma *Vida de Buda*, uma *História da Grécia* e as obras de S. Francisco de Sales) fui, depois destes quatro anos, ao *Jasmineiro* deserto. Cada passo meu sobre os fofos tapetes de Caramânia soou triste como num chão de mortos. Todos os brocados estavam engelhados, esgarçados. Pelas paredes pendiam, como olhos fora de órbitas, os botões elétricos das campainhas e das luzes: – e havia vagos fios de arame, soltos, enroscados, onde a aranha regalada e reinando tecera teias espessas. Na livraria, todo o vasto saber dos séculos fazia numa imensa mudez, debaixo de uma imensa poeira. Sobre as lombadas dos sistemas filosóficos alvejava o bolor; vorazmente a traça devastara as Histórias Universais; errava ali um cheiro mole de literatura apodrecida: – e eu abalei, com o lenço no nariz, certo de que naqueles vinte mil volumes não restava uma verdade viva! Quis lavar as mãos, maculadas pelo contato com estes detritos de conhecimentos humanos. Mas os maravilhosos aparelhos do lavatório, da sala de banho, enferrujados, perros, dessoldados, não largaram uma gota de água; e, como chovia nessa tarde de abril, tive de sair à varanda, pedir ao céu que me lavasse.

Ao descer, penetrei no gabinete de trabalho de Jacinto e tropecei num montão negro de ferragens, rodas, lâminas, campainhas, parafusos... Entreabri a janela, e reconheci o telefone, o teatrofone, o fonógrafo, outros aparelhos, tombados das suas peanhas, sórdidos, desfeitos, sob a poeira dos anos. Empurrei com o pé este lixo do engenho humano. A máquina de escrever, escancarada, com os buracos negros marcando as letras desarraigadas, era como uma boca alvar e desdentada. O telefone parecia esborrachado, enrodilhado nas suas tripas de arame. Na trompa do fonógrafo, torta, esbeiçada, para sempre muda, fervilhavam carochas. E ali jaziam, tão lamentáveis e grutescas, aquelas geniais invenções, que eu saí rindo, como de uma enorme facécia, daquele supercivilizado palácio.

A chuva de abril secara; os telhados remotos da cidade negrejavam sobre um poente de carmesim e ouro. E, através das ruas mais frescas, eu ia pensando que este nosso magnífico século XIX se assemelharia, um dia, àquele *Jasmineiro* abandonado, e que outros homens, com uma certeza mais pura do que é a Vida e a Felicidade, dariam, como eu, com o pé no lixo da supercivilização, e, como eu, ririam alegremente da grande ilusão que findara, inútil e coberta de ferrugem.

Àquela hora, decerto, Jacinto, na varanda, em Torges, sem fonógrafo e sem telefone, reentrado na simplicidade, via, sob a paz lenta da tarde, ao tremeluzir da primeira estrela, a boiada recolher entre o canto dos boieiros.

O DEFUNTO

I

No ano de 1474, que foi por toda a Cristandade tão abundante em mercês divinas, reinando em Castela El-Rei Henrique IV, veio habitar na cidade de Segóvia, onde herdara moradias e uma horta, um cavaleiro moço, de muito limpa linhagem e gentil parecer, que se chamava D. Rui de Cárdenas.

Essa casa, que lhe legara seu tio, arcedíago e mestre em cânones, ficava ao lado e na sombra silenciosa da igreja de Nossa Senhora do Pilar; e, em frente, para além do adro, onde cantavam as três bicas de um chafariz antigo, era o escuro e gradeado palácio de D. Alonso de Lara, fidalgo de grande riqueza e maneiras sombrias, que já na madureza da sua idade, todo grisalho, desposara uma menina falada em Castela pela sua alvura, cabelos cor de sol claro, e colo de garça real. D. Rui tivera justamente por madrinha, ao nascer, Nossa Senhora do Pilar, de quem sempre se conservou devoto e fiel servidor; ainda que, sendo de sangue bravo e alegre, amava as armas, a caça, os saraus bem galanteados, e mesmo por vezes uma noite ruidosa de taverna com dados e pichéis de vinho. Por amor, e pelas facilidades desta santa vizinhança, tomara ele o piedoso costume, desde a sua chegada a Segóvia, de visitar todas as manhãs, à hora de Prima, a sua divina madrinha e de lhe pedir, em três *Ave-Marias*, a bênção e a graça.

Ao escurecer, mesmo depois de alguma rija correria por campo e monte com lebréus ou falcão, ainda voltava para, à saudação de Vésperas, murmurar docemente uma *Salve-Rainha*.

E todos os domingos comprava no adro, a uma ramalheteira mourisca, algum ramo de junquilhos, ou cravos, ou rosas singelas, que espalhava, com ternura e cuidado galante, em frente ao altar da Senhora.

A esta venerada igreja do Pilar vinha também cada domingo D. Leonor, a tão falada e formosa mulher do Senhor de Lara, acompanhada por uma aia carrancuda, de olhos mais abertos e duros que os de uma coruja, e por dous possantes lacaios que a ladeavam e guardavam como torres. Tão ciumento era o Senhor D. Alonso que, só por lho haver severamente ordenado o seu confessor, e com medo de ofender a Senhora, sua vizinha, permitia esta visita fugitiva, a que ele ficava espreitando sofregamente, dentre as reixas de uma gelosia, os passos e a demora. Todos os lentos dias da lenta semana os passava a Senhora D. Leonor no encerro do gradeado solar de granito negro, não tendo, para se recrear e respirar, mesmo nas calmas do estio, mais que um fundo de jardim verde-negro, cercado de tão altos muros, que apenas se avistava, emergindo deles, aqui, além, alguma ponta de triste cipreste. Mas essa curta visita a Nossa Senhora do Pilar bastou para que D. Rui se namorasse dela tresloucadamente, na manhã de maio em que a viu de joelhos ante o altar, numa réstia de sol, aureolada pelos seus cabelos de ouro, com as compridas pestanas pendidas sobre o Livro de Horas, o rosário caindo dentre os dedos finos, fina toda ela e macia, e branca, de uma brancura de lírio aberto na sombra, mais branca entre as rendas negras e os negros cetins que à volta do seu corpo cheio de graça se quebravam, em pregas duras, sobre as lajes da capela, velhas lajes de sepulturas. Quando depois de um momento de enleio e de delicioso pasmo se ajoelhou, foi menos para a Virgem do Pilar, sua divina Madrinha, do que para aquela aparição mortal, de quem não sabia o nome nem a vida, e só que por ela daria vida e nome, se ela se rendesse por tão incerto preço. Balbuciando, com uma prece ingrata, as três *Ave-Marias* com que cada manhã saudava Maria, apanhou o seu sombreiro, desceu levemente a nave sonora e no portal se quedou, esperando por ela entre os mendigos lazarentos que se catavam ao sol. Mas, quando ao cabo de um tempo, em que D. Rui sentiu no coração um desusado bater de ansiedade e medo, a Senhora D. Leonor passou e se deteve, molhando os dedos na pia de mármore de água benta, os seus olhos, sob o véu descido, não se ergueram para ele, ou tímidos ou desatentos. Com a aia de olhos muito abertos colada aos vestidos, entre os dous lacaios, como entre duas torres, atravessou vagarosamente o adro, pedra por pedra, gozando decerto, como encarcerada, o desafogado ar e o livre sol que o inundavam. E foi um espanto para D. Rui quando ela penetrou na sombria arcada, de grossos pilares, sobre que assentava o palácio, e desapareceu por uma esguia porta recoberta de ferragens. Era, pois, essa a tão falada D. Leonor, a linda e nobre Senhora de Lara...

Então começaram sete arrastados dias, que ele gastou sentado a um poial da sua janela, considerando aquela negra porta recoberta de ferragens como se fosse a do Paraíso, e por ela devesse sair um anjo para lhe anunciar a Bem-aventurança. Até que chegou o vagaroso domingo; e passando ele no adro, à hora de Prima, ao repicar dos sinos, com um molho de cravos amarelos para a sua divina Madrinha, cruzou D. Leonor, que saía de entre os pilares da escura arcada, branca, doce e pensativa, como uma lua dentre nuvens. Os cravos quase lhe caíram naquele gostoso alvoroço em que o peito lhe arfou mais que um mar, e a alma toda lhe fugiu em tumulto através do olhar com que a devorava. E ela ergueu também os olhos para D. Rui, mas uns olhos repousados, uns olhos serenos, em que não luzia curiosidade, nem mesmo consciência de se estarem trocando com outros, tão acesos e enegrecidos pelo desejo. O moço cavaleiro não entrou na igreja, com piedoso receio de não prestar à sua Madrinha divina a atenção, que decerto lhe roubaria toda aquela que era só humana, mas dona já do seu coração, e nele divinizada.

Esperou sofregamente à porta, entre os mendigos, secando os cravos com o ardor das mãos trêmulas, pensando quanto era demorado o rosário que ela rezava. Ainda D. Leonor descia a nave, já ele sentia dentro da alma o doce rugir das sedas fortes que ela arrastava nas lajes. A branca senhora passou – e o mesmo distraído olhar, desatento e calmo, que espalhou pelos mendigos e pelo adro, o deixou escorregar sobre ele, ou porque não compreendesse aquele moço que de repente se tornara tão pálido, ou porque não o diferenciava ainda das cousas e das formas indiferentes.

D. Rui abalou, com um fundo suspiro; e, no seu quarto, pôs devotamente ante a imagem da Virgem as flores que não oferecera, na igreja, ao seu altar. Toda a sua vida se tornou então um longo queixume por sentir tão fria e desumana aquela mulher, única entre as mulheres, que prendera e tornara sério o seu coração ligeiro e errante. Numa esperança, a que antevia bem o desengano, começou a rondar os muros altos do jardim – ou embuçado numa capa, com o ombro contra uma esquina, lentas horas se quedava contemplando as grades das gelosias, negras e grossas como as de um cárcere. Os muros não se fendiam; das grades não saía sequer um rasto de luz prometedora. Todo o solar era como um jazigo onde jazia uma insensível, e por trás das frias pedras havia ainda um frio peito. Para se desafogar compôs, com piedoso cuidado, em noites veladas sobre o pergaminho, trovas gementes que o não desafogavam. Diante do altar da Senhora do Pilar, sobre as mesmas lajes onde a vira ajoelhada, pousava ele os joelhos, e ficava, sem palavras de oração, num cismar amargo e doce, esperando que o seu coração serenasse e se consolasse, sob a influência d'Aquela que tudo consola e serena. Mas sempre se erguia mais desditoso e tendo apenas a sensação de quanto eram frias e rígidas as pedras sobre que ajoelhara. O mundo todo só lhe parecia conter rigidez e frieza.

Outras claras manhãs de domingo encontrou D. Leonor: e sempre os olhos dela permaneciam descuidados e como esquecidos, ou quando se cruzavam com os seus era tão singelamente, tão limpos de toda a emoção, que D. Rui os preferiria ofendidos e faiscando de ira, ou soberbamente desviados com soberbo desdém. Decerto D. Leonor já o conhecia: – mas, assim, conhecia também a ramalheteira mourisca agachada diante do seu cesto à beira da fonte; ou os pobres que se catavam ao sol diante do portal da Senhora. Nem D. Rui já podia pensar que ela fosse desumana e fria. Era apenas soberanamente remota, como uma estrela que nas alturas gira e refulge, sem saber que, embaixo, num mundo que ela não distingue, olhos que ela não suspeita a contemplam, a adoram e lhe entregam o governo da sua ventura e sorte.

Então D. Rui pensou:

– Ela não quer, eu não posso; foi um sonho que findou, e Nossa Senhora a ambos nos tenha na sua graça!

E como era cavaleiro muito discreto, desde que a reconheceu assim inabalável na sua indiferença, não a procurou, nem sequer ergueu mais os olhos para as grades das suas janelas, e até nem penetrava na igreja de Nossa Senhora quando casualmente, do portal, a avistava ajoelhada, com a sua cabeça tão cheia de graça e de ouro, pendida sobre o Livro de Horas.

II

A velha aia, de olhos mais abertos e duros que os de uma coruja, não tardara em contar ao Senhor de Lara que um moço audaz, de gentil parecer, novo morador nas velhas casas do arcediago, constantemente se atravessava no adro, se postava diante da igreja para atirar o coração pelos olhos à Senhora D. Leonor. Bem amargamente o sabia já o ciumento fidalgo, porque quando da sua janela espreitava, como um falcão, a airosa senhora a caminho da igreja, observara os giros, as esperas, os olhares dardejados daquele moço galante – e puxara as barbas de furor. Desde então, na verdade, a sua mais intensa ocupação era odiar D. Rui, o impudente sobrinho do cônego, que ousava erguer o seu baixo desejo até a alta Senhora de Lara. Constantemente agora o trazia vigiado por um serviçal – e conhecia todos os seus passos e pousas, e os amigos com quem caçava ou folgava, e até quem lhe talhava os gibões, e até quem lhe polia a espada, e cada hora do seu viver. E mais ansiosamente ainda vigiava D. Leonor – cada um dos seus movimentos, os mais fugitivos modos, os silêncios e o conversar com as aias, as distrações sobre o bordado, o jeito de cismar sob as árvores do jardim, e o ar e a cor com que recolhia da igreja... Mas tão inalteradamente serena, no seu sossego de coração, se mostrava a Senhora D. Leonor, que nem o ciúme mais imaginador de culpas poderia achar manchas naquela pura neve. Redobradamente áspero então se voltava o rancor de D. Alonso contra o sobrinho do cônego, por ter apetecido aquela pureza, e aqueles cabelos cor de sol claro, e aquele colo de garça real, que eram só seus, para esplêndido gosto da sua vida. E quando passeava na sombria galeria do solar, sonora e toda de abóbada, embrulhado na sua samarra orlada de peles, com o bico da barba grisalha espetado para diante, a grenha crespa eriçada para trás e os punhos cerrados, era sempre remoendo o mesmo fel:

– Tentou contra a virtude dela, tentou contra a minha honra... É culpado por duas culpas e merece duas mortes!

Mas ao seu furor quase se misturou um terror, quando soube que D. Rui já não esperava no adro a Senhora D. Leonor, nem rondava amorosamente os muros do palacete, nem penetrava na igreja quando ela lá rezava, aos domingos; e que tão inteiramente se alheava dela que uma manhã, estando rente da arcada, e sentindo bem ranger e abrir a porta por onde a senhora ia aparecer, permanecera de costas voltadas, sem se mover, rindo com um cavaleiro gordo que lhe lia um pergaminho. Tão bem afetada indiferença só servia decerto (pensou D. Alonso) a esconder alguma bem danada tenção! Que tramava ele, e destro enganador? Tudo no desabrido fidalgo se exacerbou – ciúme, rancor, vigilância, pesar da sua idade grisalha e feia. No sossego de D. Leonor suspeitou manha e fingimento; – e imediatamente lhe vedou as visitas à Senhora do Pilar.

Nas manhãs costumadas corria ele à Igreja para rezar o rosário, a levar as desculpas de D. Leonor – *"que no puede venir* (murmurava curvado diante do altar) *por lo que sabeis, virgem purisima!"* Cuidadosamente visitou e reforçou todos os negros ferrolhos das portas do seu solar.

De noite soltava dous mastins nas sombras do jardim murado.

À cabeceira do vasto leito, junto da mesa onde ficava a lâmpada, um relicário e o copo de vinho quente com canela e cravo para lhe retemperar as forças – luzia sempre uma grande espada nua. Mas, com tantas seguranças, mal dormia – e a cada instante se solevava em sobressalto dentre as fundas almofadas, agarrando a Senhora D. Leonor com mão bruta e sôfrega, que lhe pisava o colo, para rugir muito baixo, numa ânsia: "Dize que me queres só a mim!..." Depois, com a alvorada, lá se empoleirava, a espreitar, como um falcão, as janelas de D. Rui. Nunca o avistava, agora, nem à porta da igreja às horas de missa, nem recolhendo do campo, a cavalo, ao toque de *Ave-Marias*.

E por o sentir assim sumido dos sítios e giros costumados – é que mais o suspeitava dentro do coração de D. Leonor.

Enfim, uma noite, depois de muito trilhar o lajedo da galeria, remoendo surdamente desconfianças e ódios, gritou pelo intendente e ordenou que se preparassem trouxas e cavalgaduras. Cedo, de madrugada, partiria, com a Senhora D. Leonor, para a sua herdade de Cabril, a duas léguas de Segóvia! A partida não foi de madrugada, como uma fuga de avarento que vai esconder longe o seu tesouro: – mas, realizada com aparato e demora, ficando a liteira diante da arcada, a esperar longas horas, de cortinas abertas, enquanto um cavalariça passeava pelo adro a mula branca do fidalgo, chaireleada à mourisca, e do lado do jardim a récua de machos, carregados de baús, presos às argolas, sob o sol e a mosca, aturdiam a viela com o tilintar dos guizos. Assim D. Rui soube a jornada do Senhor de Lara: – e assim a soube toda a cidade.

Fora um grande contentamento para D. Leonor, que gostava de Cabril, dos seus viçosos pomares, dos jardins, para onde abriam, rasgadamente e sem grades, as janelas dos seus aposentos claros: aí ao menos tinha largo ar, pleno sol, e alegretes a regar, um viveiro de pássaros, e tão compridas ruas de loureiro ou teixo, que eram quase a liberdade. E depois esperava que no campo se aligeirassem aqueles cuidados que traziam, nos derradeiros tempos, tão enrugado e taciturno seu marido e senhor. Mas não logrou esta esperança, porque ao cabo de uma semana ainda se não desanuviara a face de D. Alonso – nem decerto havia frescura de arvoredos, sussurros de águas correntes, ou aromas esparsos nos rosais em flor, que calmassem agitação tão amarga e funda. Como em Segóvia, na galeria sonora de grande abóbada, sem descanso passeava, enterrado na sua samarra, com o bico da barba espetado para diante, a grenha basta eriçada para trás, e um jeito de arreganhar silenciosamente o beiço, como se meditasse maldades a que gozava de antemão o sabor acre. E todo o interesse da sua vida se concentrara num serviçal, que constantemente galopava entre Segóvia e Cabril, e que ele por vezes esperava no começo da aldeia, junto ao Cruzeiro, ficando a escutar o homem que desmontava, ofegante, e logo lhe dava novas apressadas.

Uma noite em que D. Leonor, no seu quarto, rezava o terço com as aias, à luz de uma tocha de cera, o Senhor de Lara entrou muito vagarosamente, trazendo na mão uma folha de pergaminho e uma pena mergulhada no seu tinteiro de osso. Com um rude aceno despediu as aias, que o temiam como a um lobo. E, empurrando um escabelo para junto da mesa, volvendo para D. Leonor a face a que impusera tranquilidade e agrado, como se apenas viesse por cousas naturais e fáceis:

– Senhora – disse – quero que me escrevais aqui uma carta que muito convém escrever...

Tão costumada era nela a submissão, que, sem outro reparo ou curiosidade, indo apenas pendurar na barra do leito o rosário em que rezara, se acomodou sobre o escabelo, e os seus dedos finos, com muita aplicação, para que a letra fosse esmerada e clara, traçaram a primeira linha curta que o Senhor de Lara ditara e era: *"Meu cavaleiro..."* Mas quando ele ditou a outra, mais longa, e de um modo amargo, D. Leonor arrojou a pena, como se a pena a escaldasse, e, recuando da mesa, gritou, numa aflição:

– Senhor, para que convém que eu escreva tais cousas e tão falsas?...

Num brusco furor, o Senhor de Lara arrancou do cinto um punhal, que lhe agitou junto à face, rugindo surdamente:

– Ou escreveis o que vos mando e que a mim me convém, ou, por Deus, que vos varo o coração!...

Mais branca que a cera da tocha que os alumiava, com a carne arrepiada ante aquele ferro que luzia, num terror supremo e que tudo aceitava, D. Leonor murmurou:

– Pela Virgem Maria, não me façais mal!... Nem vos agasteis, senhor, que eu vivo para vos obedecer e servir... Agora, mandai, que eu escreverei.

Então, com os punhos cerrados nas bordas da mesa, onde pousara o punhal, esmagando a frágil e desditosa mulher sob o olhar duro que fuzilava, o Senhor de Lara ditou, atirou roucamente, aos pedaços, aos repelões, uma carta que dizia, quando finda e traçada em letra bem incerta e trêmula: – "Meu cavaleiro: Muito mal haveis compreendido, ou muito mal pagais o amor que vos tenho, e que não vos pude nunca, em Segóvia, mostrar claramente... Agora aqui estou em Cabril, ardendo por vos ver; e se o vosso desejo corresponde ao meu, bem facilmente o podeis realizar, pois que meu marido se acha ausente noutra herdade, e esta de Cabril é toda fácil e aberta. Vinde esta noite, entrai pela porta do jardim, do lado da azinhaga, passando o tanque, até ao terraço. Aí avistareis uma escada encostada a uma janela da casa, que é a janela do meu quarto, onde sereis bem docemente agasalhado por quem ansiosamente vos espera..."

– Agora, Senhora, assinai por baixo o vosso nome, que isso sobretudo convém!

D. Leonor traçou vagarosamente o seu nome, tão vermelha como se a despissem diante de uma multidão.

– E agora – ordenou o marido mais surdamente, através dos dentes cerrados – endereçai a D. Rui de Cárdenas!

Ela ousou erguer os olhos, na surpresa daquele nome desconhecido.

– Andai!... A D. Rui de Cárdenas! – gritou o homem sombrio.

E ela endereçou a sua desonesta carta a D. Rui de Cárdenas.

D. Alonso meteu o pergaminho no cinto, junto ao punhal que embainhara, e saiu em silêncio com a barba espetada, abafando o rumor dos passos nas lajes do corredor.

Ela ficara sobre o escabelo, as mãos cansadas e caídas no regaço, num infinito espanto, o olhar perdido na escuridão da noite silente. Menos escura lhe parecia a morte que essa escura aventura em que se sentia envolvida e levada! Quem era esse D. Rui de Cárdenas, de quem nunca ouvira falar; que nunca atravessara a sua vida, tão quieta, tão pouco povoada de memórias e de homens? E ele decerto a conhecia, a encontrara, a seguira, ao menos com os olhos, pois que era cousa natural e bem ligada receber dela carta de tanta paixão e promessa...

Assim, um homem, e moço decerto bem-nascido, talvez gentil, penetrava no seu destino bruscamente, trazido pela mão de seu marido? Tão intimamente mesmo se entranhara esse homem na sua vida, sem que ela se apercebesse, que já para ele se abria de noite a porta do seu jardim, e contra a sua janela, para ele subir, se arrumava de noite uma escada!... E era seu marido que muito secretamente escancarava a porta, e muito secretamente levantava a escada... Para quê?...

Então, num relance, D. Leonor compreendeu a verdade, a vergonhosa verdade, que lhe arrancou um grito ansiado e mal sufocado. Era uma cilada! O Senhor de Lara atraía a Cabril esse D. Rui com uma promessa magnífica, para dele se apoderar, e decerto o matar, indefeso e solitário! E ela, o seu amor, o seu corpo, eram as promessas que se faziam rebrilhar ante os olhos seduzidos do moço desventuroso. Assim seu marido usava a sua beleza, o seu leito, como a rede de ouro em que devia cair aquela presa estouvada! Onde haveria maior ofensa? E também quanta imprudência! Bem poderia esse D. Rui de Cárdenas desconfiar, não aceder a convite tão abertamente amoroso, e depois mostrar por toda a Segóvia, rindo e triunfando, aquela carta em que lhe fazia oferta do seu leito e do seu corpo a mulher de Alonso de Lara! Mas não! O desventurado correria a Cabril — e para morrer, miseravelmente morrer no negro silêncio da noite, sem padre, nem sacramentos, com a alma encharcada em pecado de amor! Para morrer, decerto — porque nunca o Senhor de Lara permitiria que vivesse o homem que recebera tal carta. Assim, aquele moço morria por amor dela, e por um amor que, sem lhe valer nunca um gosto, lhe valia logo a morte! Decerto por amor dela — pois que tal ódio do Senhor de Lara, ódio que, com tanta deslealdade e vilania, se cevava, só podia nascer de ciúmes, que lhe escureciam todo o dever de cavaleiro e de cristão. Sem dúvida ele surpreendera olhares, passos, tenções deste Senhor D. Rui, mal acautelado por bem namorado.

Mas como? Quando? Confusamente se lembrava ela de um moço que um domingo a cruzara no adro, a esperara ao portal da igreja, com um molho de cravos na mão. Seria esse? Era de nobre parecer, muito pálido, com grandes olhos negros e quentes. Ela passara – indiferente... Os cravos que segurava na mão eram vermelhos e amarelos... A quem os levava?... Ah! se o pudesse avisar, bem cedo, de madrugada!

Como, se não havia em Cabril serviçal ou aia de quem se fiasse? Mas deixar que uma bruta espada varasse traiçoeiramente aquele coração, que vinha cheio dela, palpitando por ela, todo na esperança dela!...

Oh! a desabrida e ardente correria de D. Rui, desde Segóvia a Cabril, com a promessa do encantador jardim aberto, da escada posta contra a janela, sob a mudez e proteção da noite! Mandaria realmente o Senhor de Lara encostar uma escada à janela? Decerto, para com mais facilidade o poderem matar, ao pobre, e doce, e inocente moço, quando ele subisse, mal seguro sobre um frágil degrau, as mãos embaraçadas, a espada a dormir na bainha... E assim, na outra noite, em face ao seu leito, a sua janela estaria aberta, e uma escada estaria erguida contra a sua janela à espera de um homem! Emboscado na sombra do quarto, seu marido seguramente mataria esse homem...

Mas se o Senhor de Lara esperasse fora dos muros da quinta, assaltasse brutalmente, nalguma azinhaga, aquele D. Rui de Cárdenas, e, ou por menos destro, ou por menos forte, num terçar de armas, caísse ele traspassado, sem que o outro conhecesse a quem matara? E ela, ali, no seu quarto, sem saber, e todas as portas abertas, e a escada erguida, e aquele homem assomando à janela na sombra macia da noite tépida, e o marido que a devia defender morto no fundo de uma azinhaga... Que faria ela, Virgem Mãe? Oh! decerto repeliria, soberbamente, o moço temerário. Mas o espanto dele e a cólera do seu desejo enganado! "Por vós é que eu vim chamado, Senhora!" E ali trazia, sobre o coração, a carta dela, com seu nome, que a sua mão traçara. Como lhe poderia contar a emboscada e o dolo? Era longo de contar, naquele silêncio e solidão da noite, enquanto os olhos dele, úmidos e negros, a estivessem suplicando e trespassando... Desgraçada dela se o Senhor de Lara morresse, a deixasse solitária, sem defesa, naquela vasta casa aberta! Mas quanto desgraçada também se aquele moço, chamado por ela, e que a amava, e que por esse amor vinha correndo deslumbrante, encontrasse a morte no sítio da sua esperança, que era o sítio do seu pecado, e, morto em pleno pecado, rolasse para a eterna desesperança... Vinte e cinco anos, ele – se era o mesmo de quem se lembrava, pálido, e tão airoso, com um gibão de veludo roxo e um ramo de cravos na mão, à porta da igreja, em Segóvia...

Duas lágrimas saltaram dos cansados olhos de D. Leonor. E dobrando os joelhos, levantando a alma toda para o céu, onde a lua se começava a levantar, murmurou, numa infinita mágoa e fé:

– Oh! Santa Virgem do Pilar, Senhora minha, vela por nós ambos, vela por todos nós!

III

D. Rui entrava, pela hora da calma, no fresco pátio da sua casa, quando de um banco de pedra, na sombra, se ergueu um moço de campo, que tirou de dentro do surrão uma carta, lha entregou, murmurando:

– Senhor, dai-vos pressa em ler, que tenho de voltar a Cabril, a quem me mandou…

D. Rui abriu o pergaminho; e, no deslumbramento que o tomou, bateu com ele contra o peito, como para o enterrar no coração...

O moço do campo insistia, inquieto:

– Aviai, senhor, aviai! Nem precisais responder. Basta que me deis um sinal de vos ter vindo o recado...

Muito pálido, D. Rui arrancou uma das luvas bordadas a retrós, que o moço enrolou e sumiu no surrão. E já abalava na ponta das alpercatas leves, quando, com um aceno, D. Rui ainda o deteve:

– Escuta. Que caminho tomas tu para Cabril?

– O mais curto e sozinho para gente afoita, que é pelo Cerro dos Enforcados.

– Bem.

D. Rui galgou as escadas de pedra, e no seu aposento, sem mesmo tirar o sombreiro, de novo leu junto da gelosia aquele pergaminho divino, em que D. Leonor o chamava de noite ao seu quarto, à posse inteira do seu ser. E não o maravilhava esta oferta – depois de uma tão constante, imperturbada indiferença. Antes nela logo percebeu um amor muito astuto, por ser muito forte que, com grande paciência, se esconde ante os estorvos e os perigos, e mudamente prepara a sua hora de contentamento, melhor e mais deliciosa por tão preparada. Sempre ela o amara, pois, desde a manhã bendita em que os seus olhos se tinham cruzado no portal de Nossa Senhora. E enquanto ele rondava aqueles muros do jardim, maldizendo uma frieza que lhe parecia mais fria que a dos frios muros, já ela lhe dera a sua alma, e cheia de constância, com amorosa sagacidade, recalcando o menor suspiro, adormecendo desconfianças, preparava a noite radiante em que lhe daria também o seu corpo.

Tanta firmeza: tão fino engenho nas cousas do amor, ainda lha tornavam mais bela e mais apetecida!

Com que impaciência olhava então o sol, tão desapressado nessa tarde em descer para os montes! Sem repouso, no seu quarto, com as gelosias cerradas para melhor concentrar a sua felicidade, tudo aprontava amorosamente para a triunfal jornada: as finas roupas, as finas rendas, um gibão de veludo negro e as essências perfumadas. Duas vezes desceu à cavalariça a verificar se o seu cavalo estava bem ferrado e bem pensado. Sobre o soalho, vergou e revergou, para a experimentar, a folha da espada que levaria à cinta... Mas o seu maior cuidado era o caminho para Cabril, apesar de bem o conhecer, e a aldeia apinhada em torno ao mosteiro franciscano, e a velha ponte romana com o seu Calvário, e a azinhaga funda que levava à herdade do Senhor de Lara. Ainda nesse inverno por lá passara, indo montear com dous amigos de Astorga, e avistara a torre dos de Lara, e pensara: – "Eis a torre da minha ingrata!" Como se enganava! As noites agora eram de lua, e ele sairia de Segóvia caladamente, pela porta de S. Mauros. Um galope curto o punha no Cerro dos Enforcados... Bem o conhecia também, esse sítio de tristeza e pavor, com os seus quatro pilares de pedra, onde se enforcavam os criminosos, e onde os seus corpos ficavam, balouçados da ventania, ressequidos do sol, até que as cordas apodrecessem e as ossadas caíssem, brancas e limpas da carne pelo bico dos corvos. Por trás do cerro era a Lagoa das Donas. A derradeira vez que por lá andara, fora em dia do apóstolo S. Matias, quando o corregedor e as confrarias de caridade e paz, em procissão, iam dar sepultura sagrada às ossadas caídas no chão negro, esburgadas pelas aves. Daí o caminho, depois, corria liso e direito a Cabril.

Assim D. Rui meditava a sua jornada venturosa, enquanto a tarde ia caindo. Mas, quando escureceu, e em torno às torres da igreja começaram a girar os morcegos, e nas esquinas do adro se acenderam os nichos das Almas, o valente moço sentiu um medo estranho, o medo daquela felicidade que se acercava e que lhe parecia sobrenatural. Era, pois, certo, que essa mulher de divina formosura, famosa em Castela, e mais inacessível que um astro, seria sua, toda sua, no silêncio e segurança de uma alcova, dentro em breves instantes, quando ainda se não tivessem apagado diante dos retábulos das Almas aqueles lumes devotos? E o que fizera ele para lograr tão grande bem? Pisara as lajes de um adro, esperara no portal de uma igreja, procurando com os olhos outros dous olhos, que não se erguiam, indiferentes ou desatentos. Então, sem dor, abandonara a sua esperança... E eis que de repente aqueles olhos distraídos o procuram, e aqueles braços fechados se lhe abrem, largos e nus, e com o corpo e com a alma aquela mulher lhe grita: – "Oh! mal avisado, que não me entendeste! Vem! Quem te desanimou já te pertence!" Houvera jamais igual ventura? Tão alta, tão rara era, que decerto atrás dela, se não erra a lei humana, já devia caminhar a desventura! Já na verdade caminhava; – pois quanta desventura em saber que depois de tal ventura, quando de madrugada, saindo dos divinos braços, ele recolhesse a Segóvia, a sua Leonor, o bem sublime da sua vida, tão inesperadamente adquirido por um instante, recairia logo sob o poder de outro amo!

Que importava! Viessem depois dores e zelos! Aquela noite era esplendidamente sua, o mundo todo uma aparência vã e a única realidade esse quarto de Cabril, mal alumiado, onde ela o esperaria, com os cabelos soltos! Foi com sofreguidão que desceu a escada, se arremessou sobre o seu cavalo. Depois, por prudência, atravessou o adro muito lentamente, com o sombreiro bem levantado da face, como num passeio natural, a procurar fora dos muros a frescura da noite. Nenhum encontro o inquietou até a porta de S. Mauros. Aí, um mendigo, agachado na escuridão de um arco, e que tocava monotonamente a sua sanfona, pediu, em lamúria, à Virgem e a todos os santos, que levassem aquele gentil cavaleiro na sua doce e santa guarda. D. Rui parara para lhe atirar uma esmola, quando se lembrou que nessa tarde não fora à igreja, à hora de vésperas, rezar e pedir a bênção à sua divina madrinha. Com um salto, desceu logo do cavalo, porque justamente, rente ao velho arco, tremeluzia uma lâmpada alumiando um retábulo. Era uma imagem da Virgem com o peito traspassado por sete espadas. D. Rui ajoelhou, pousou o sombreiro nas lajes e com as mãos erguidas, muito zelosamente, rezou uma *Salve-Rainha*. O clarão amarelo da luz envolvia o rosto da Senhora, que, sem sentir as dores dos sete ferros, ou como se eles só dessem inefáveis gozos, sorria com os lábios muito vermelhos. Enquanto ele rezava, no convento de São Domingos, ao lado, a sineta começou a tocar a agonia. Dentre a sombra negra do arco, cessando a sanfona, o mendigo murmurou: – "Lá está um frade a morrer!" D. Rui disse uma *Ave-Maria* pelo frade que morria. A Virgem das sete espadas sorria docemente – o toque de agonia não era, pois, de mau presságio! D. Rui cavalgou alegremente e partiu.

Para além da porta de S. Mauros, depois de alguns casebres de oleiros, o caminho seguia, esguio e negro, entre altas piteiras. Por trás das colinas, ao fundo da planície escura, subia o primeiro clarão, amarelo e lânguido, da lua cheia, ainda escondida. E D. Rui marchava a passo, receando chegar a Cabril muito cedo, antes que as aias e os moços findassem o serão e o rosário. Por que não lhe marcara D. Leonor a hora, naquela carta tão clara e tão pensada?... Então a sua imaginação corria adiante, rompia pelo jardim de Cabril, galgava aladamente a escada prometida – e ele largava também atrás, numa carreira sôfrega, que arrancava as pedras do caminho mal junto. Depois sofreava o cavalo ofegante. Era cedo, era cedo! E retomava o passo penoso, sentindo o coração contra o peito, como ave presa que bate às grades.

Assim chegou ao Cruzeiro, onde a estrada se fendia em duas, mais juntas que as pontas de uma forquilha, ambas cortando através de pinheiral. Descoberto diante da imagem crucificada, D. Rui teve um instante de angústia, pois não se recordava qual delas levava ao Cerro dos Enforcados. Já se embrenhara na mais cerrada, quando, dentre os pinheiros calados, uma luz surgiu, dançando no escuro. Era uma velha em farrapos, com as longas melenas soltas, vergada sobre um bordão e levando uma candeia.

– Para onde vai este caminho? – gritou Rui.

A velha balançou mais ao alto a candeia, para mirar o cavaleiro.

– Para Xarrama.

E luz e velha imediatamente se sumiram, fundidas na sombra, como se ali tivessem surgido somente para avisar o cavaleiro do seu caminho errado... Já ele virara arrebatadamente; e, rodeando o Calvário, galopou pela outra estrada mais larga, até avistar, sobre a claridade do céu os pilares negros, os madeiros negros do Cerro dos Enforcados. Então estacou, direito nos estribos. Num cômoro alto, seco, sem erva ou urze, ligados por um muro baixo, todo esbrechado, lá se erguiam, negros, enormes, sobre a amarelidão do luar, os quatro pilares de granito semelhantes aos quatro cunhais de uma casa desfeita. Sobre os pilares pousavam quatro grossas traves. Das traves pendiam quatro enforcados negros e rígidos, no ar parado e mudo. Tudo em torno parecia morto como eles.

Gordas aves de rapina dormiam empoleiradas sobre os madeiros. Para além, rebrilhava lividamente a água morta da Lagoa das Donas. E, no céu, a lua ia grande e cheia.

D. Rui murmurou o Padre-Nosso devido por todo o cristão àquelas almas culpadas. Depois impeliu o cavalo, e passava – quando, no imenso silêncio e na imensa solidão, se ergueu, ressoou uma voz, uma voz que o chamava, suplicante e lenta:

– Cavaleiro, detende-vos, vinde cá!...

D. Rui colheu bruscamente as rédeas e, erguido sobre os estribos, atirou os olhos espantados por todo o sinistro ermo. Só avistou o cerro áspero, a água rebrilhante e muda, os madeiros, os mortos. Pensou que fora ilusão da noite ou ousadia de algum demônio errante. E, serenamente, picou o cavalo, sem sobressalto ou pressa, como numa rua de Segóvia. Mas, por trás, a voz tornou, mais urgentemente o chamou, ansiosa, quase aflita:

– Cavaleiro, esperai, não vos vades, voltai, chegai aqui!...

De novo D. Rui estacou e, virado sobre a sela, encarou afoutamente os quatro corpos pendurados das traves. Do lado deles soava a voz, que, sendo humana, só podia sair de forma humana! Um desses enforcados, pois, o chamara, com tanta pressa e ânsia.

Restaria nalguns, por maravilhosa mercê de Deus, alento e vida? Ou seria que, por maior maravilha, uma dessas carcaças meio apodrecidas o detinha para lhe transmitir avisos de Além-da-Campa?... Mas que a voz rompesse de um peito vivo ou de um peito morto, grande covardia era abalar, espavoridamente, sem a atender e a ouvir.

Atirou logo para dentro do cerro o cavalo, que tremia; e, parando, direito e calmo, com a mão na ilharga, depois de fitar, um por um, os quatro corpos suspensos, gritou:

– Qual de vós, homens enforcados, ousou chamar por D. Rui de Cárdenas?

Então aquele que voltava as costas à lua cheia, respondeu, do alto da corda, muito quieta e naturalmente, como um homem que conversa da sua janela para a rua:

– Senhor, fui eu.

D. Rui fez avançar para diante dele o cavalo. Não lhe distinguia a face, enterrada no peito, escondida pelas longas e negras melenas pendentes. Só percebeu que tinha as mãos soltas e desamarradas, e também soltos os pés nus, já ressequidos e da cor do betume.

– Que me queres?

O enforcado, suspirando, murmurou:

– Senhor, fazei-me a grande mercê de me cortar esta corda em que estou pendurado.

D. Rui arrancou a espada e de um golpe certo, cortou a corda meio apodrecida. Com um sinistro som de ossos entrechocados o corpo caiu no chão, onde jazeu um momento, estirado. Mas, imediatamente, se endireitou sobre os pés mal seguros e ainda dormentes – e ergueu para D. Rui uma face morta, que era uma caveira com a pele muito colada, e mais amarela que a lua que nela batia. Os olhos não tinham movimento nem brilho. Ambos os beiços se lhe arreganhavam num sorriso empedernido. Dentre os dentes, muito brancos, surdia uma ponta de língua muito negra.

D. Rui não mostrou terror, nem asco. E embainhando serenamente a espada:

– Tu estás morto ou vivo? – perguntou.

O homem encolheu os ombros com lentidão:

– Senhor, não sei... Quem sabe o que é a vida? Quem sabe o que é a morte?

– Mas que queres de mim?

O enforcado, com os longos dedos descarnados, alargou o nó da corda que ainda lhe laçava o pescoço e declarou muito serena e firmemente:

– Senhor, eu tenho de ir convosco a Cabril, onde vós ides.

O cavaleiro estremeceu num tão forte assombro, repuxando as rédeas, que o seu bom cavalo se empinou como assombrado também.

– Comigo a Cabril?!...

O homem curvou o espinhaço, a que se viam os ossos todos, mais agudos que os dentes de uma serra, através de um longo rasgão da camisa de estamenha:

– Senhor – suplicou – não mo negueis. Que eu tenho a receber grande salário se vos fizer grande serviço!

Então D. Rui pensou de repente que bem podia ser aquela um traça formidável do Demônio. E, cravando os olhos muito brilhantes na face morta que para ele se erguia, ansiosa, à espera do seu consentimento – fez um lento e largo sinal da cruz.

O enforcado vergou os joelhos com assustada reverência:

– Senhor, para que me experimentais com esse sinal? Só por ele alcançamos remissão, e eu só dele espero misericórdia.

Então D. Rui pensou que, se esse homem não era mandado pelo Demônio, bem podia ser mandado por Deus! E logo devotamente, com um gesto submisso em que tudo entregava ao céu, consentiu, aceitou o pavoroso companheiro:

– Vem comigo, pois, a Cabril, se Deus te manda! Mas eu nada te pergunto e tu nada me perguntes.

Desceu logo o cavalo à estrada, toda alumiada da lua. O enforcado seguia ao seu lado, com passos tão ligeiros, que mesmo quando D. Rui galopava ele se conservava rente ao estribo, como levado por um vento mudo. Por vezes, para respirar mais livremente, repuxava o nó da corda que lhe enroscava o pescoço. E, quando passavam entre sebes onde errasse o aroma de flores silvestres, o homem murmurava com infinito alívio e delícia:

– Como é bom correr!

D. Rui ia num assombro, num tormentoso cuidado. Bem compreendia agora que era aquele um cadáver reanimado por Deus, para um estranho e encoberto serviço. Mas para que lhe dava Deus tão medonho companheiro? Para o proteger? Para impedir que D. Leonor, amada do céu pela sua piedade, caísse em culpa mortal? E, para tão divina incumbência de tão alta mercê, já não tinha o Senhor anjos no céu, que necessitasse empregar um supliciado?...

Ah! como ele voltaria alegremente a rédea para Segóvia, se não fora a galante lealdade de cavaleiro, o orgulho de nunca recuar, e a submissão às ordens de Deus, que sentia sobre si pesarem...

De um alto da estrada, de repente, avistaram Cabril, as torres do convento franciscano alvejando ao luar, os casais adormecidos entre as hortas. Muito silenciosamente, sem que um cão ladrasse detrás das cancelas ou de cima dos muros, desceram a velha ponte romana. Diante do Calvário, o enforcado caiu de joelhos nas lajes, ergueu os lívidos ossos das mãos, ficou longamente rezando, entre longos suspiros. Depois ao entrar na azinhaga, bebeu muito tempo, e consoladamente, de uma fonte que corria e cantava sob as frondes de um salgueiro. Como a azinhaga era muito estreita, ele caminhava adiante do cavaleiro, todo curvado, os braços cruzados fortemente sobre o peito, sem um rumor.

A lua ia alta no céu. D. Rui considerava com amargura aquele disco, cheio e lustroso, que espargia tanta claridade, e tão indiscreta, sobre o seu segredo. Ah! como se estragava a noite que devia ser divina! Uma enorme lua surdia dentre os montes para tudo alumiar. Um enforcado descia da forca para o seguir e tudo saber. Deus assim o ordenara. Mas que tristeza chegar à doce porta, docemente prometida, com tal intruso ao seu lado, sob aquele céu todo claro!

Bruscamente, o enforcado estacou, erguendo o braço, de onde a manga pendia em farrapos. Era o fim da azinhaga que desembocava em caminho mais largo e mais batido; – e diante deles alvejava o comprido muro da quinta do Senhor de Lara, tendo aí um mirante, com varandins de pedra, e todo revestido de hera.

– Senhor – murmurou o enforcado, segurando com respeito o estribo de D. Rui – logo a poucos passos deste mirante é a porta por onde deveis penetrar no jardim. Convém que aqui deixeis o cavalo, amarrado a uma árvore, se o tendes por seguro e fiel. Que na empresa em que vamos, já é de mais o rumor dos nossos pés!...

Silenciosamente D. Rui apeou, prendeu o cavalo, que sabia fiel e seguro, ao tronco de um álamo seco.

E tão submisso se tornara àquele companheiro imposto por Deus, que sem outro reparo o foi seguindo rente do muro que o luar batia.

Com vagarosa cautela, e na ponta dos pés nus, avançava agora o enforcado, vigiando o alto do muro, sondando a negrura da sebe, parando a escutar rumores que só para ele eram percebíveis – porque nunca D. Rui conhecera noite mais fundamente adormecida e muda.

E tal susto, em quem devia ser indiferente a perigos humanos, foi lentamente enchendo também o valoroso cavaleiro de tão viva desconfiança, que tirava o punhal da bainha, enrodilhava a capa no braço, e marchava em defesa, com o olhar faiscando, como num caminho de emboscada e briga. Assim chegaram a uma porta baixa, que o enforcado empurrou, e que se abriu sem gemer nos gonzos. Penetraram numa rua ladeada de espessos teixos até a um tanque cheio de água, onde boiavam folhas de nenúfares, e que toscos bancos de pedra circundavam, cobertos pela rama de arbustos em flor.

– Por ali! – murmurou o enforcado, estendendo o braço mirrado.

Era, além do tanque, uma avenida que densas e velhas árvores abobadavam e escureciam. Por ela se meteram, como sombras na sombra, o enforcado adiante, D. Rui seguindo muito sutilmente, sem roçar um ramo, mal pisando a areia. Um leve fio de água sussurrava entre relvas. Pelos troncos subiam rosas trepadeiras, que cheiravam docemente. O coração de D. Rui recomeçou a bater numa esperança de amor.

– Chuta! – fez o enforcado.

E D. Rui quase tropeçou no sinistro homem que estacava, com os braços abertos como as traves de uma cancela. Diante deles quatro degraus de pedra subiam a um terraço, onde a claridade era larga e livre. Agachados, treparam os degraus – e ao fundo de um jardim sem árvores, todo em canteiros de flores bem recortados, orlados de buxo curto, avistaram um lado da casa batido pela lua cheia. Ao meio, entre as janelas de peitoril fechadas, um balcão de pedra, com manjericões aos cantos, conservava as vidraças abertas, largamente. O quarto, dentro, apagado, era como um buraco de treva na claridade da fachada que o luar banhava. E, arrimada contra o balcão, estava uma escada com degraus de corda.

Então o enforcado empurrou D. Rui vivamente dos degraus para a escuridão da avenida. E aí, com um modo urgente, dominando o cavaleiro, exclamou:

– Senhor! Convém agora que me deis o vosso sombreiro e a capa! Vós quedais aqui na escuridão destas árvores. Eu vou trepar àquela escada e espreitar para aquele quarto... E se for como desejais, aqui voltarei, e com Deus sede feliz...

D. Rui recuou no horror de que tal criatura subisse a tal janela!

E bateu o pé, gritou surdamente:

– Não, por Deus!

Mas a mão do enforcado, lívida na escuridão, bruscamente lhe arrancou o sombreiro da cabeça, lhe puxou a capa do braço. E já se cobria, já se embuçava, murmurando agora, numa súplica ansiosa:

– Não mo negueis, Senhor, que se vos fizer grande serviço, ganharei grande mercê!

E galgou os degraus: – estava no alumiado e largo terraço.

D. Rui subiu, atontado, e espreitou. E – oh maravilha! – era ele, D. Rui, todo ele, na figura e no modo, aquele homem que, por entre os canteiros e o buxo curto, avançava, airoso e leve, com a mão na cintura, a face erguida risonhamente para a janela, a longa pluma escarlate do chapéu balançando em triunfo. O homem avançava no luar esplêndido. O quarto amoroso lá estava esperando, aberto e negro. E D. Rui olhava, com olhos que faiscavam, tremendo de pasmo e cólera. O homem chegara à escada: destraçou a capa, assentou o pé no degrau de corda! – "Oh! lá sobe, o maldito!" – rugiu D. Rui. O enforcado subia. Já a alta figura, que era dele, D. Rui, estava a meio da escada, toda negra contra a parede branca. Parou!... Não! Não parara: subia, chegava, – já sobre o rebordo da varanda pousara o joelho cauteloso. D. Rui olhava, desesperadamente, com os olhos, com a alma, com todo o seu ser... E eis que, de repente, do quarto negro surge um negro vulto, uma furiosa voz brada: – "vilão, vilão!" – e uma lâmina de adaga faísca, e cai, e outra vez se ergue, e rebrilha, e se abate, e ainda refulge, e ainda se embebe!... Como um fardo, do alto da escada, pesadamente, o enforcado cai sobre a terra mole. Vidraças, portadas do balcão logo se fecham com fragor. E não houve mais senão o silêncio, a serenidade macia, a lua muito alta e redonda no céu de verão.

Num relance D. Rui compreendera a traição; arrancara a espada, recuando para a escuridão da avenida quando, oh milagre! correndo através do terraço, aparece o enforcado, que lhe agarra a manga e lhe grita:

– A cavalo, senhor, e abalar, que o encontro não era de amor, mas de morte!...

Ambos descem arrebatadamente a avenida, costeiam o tanque sob o refúgio dos arbustos em flor, metem pela rua estreita orlada de teixos, varam a porta – e um momento param, ofegantes, na estrada, onde a lua, mais refulgente, mais cheia, fazia como um puro dia.

E então, só então, D. Rui descobriu que o enforcado conservava cravada no peito, até aos copos, a adaga, cuja ponta lhe saía pelas costas, luzidia e limpa!... Mas já o pavoroso homem o empurrava, o apressava:

– A cavalo, senhor, e abalar, que ainda está sobre nós a traição!

Arrepiado, numa ânsia de findar aventura tão cheia de milagre e de horror, D. Rui colheu as rédeas, cavalgou sofregamente. E logo, em grande pressa, o enforcado saltou também para a garupa do cavalo fiel. Todo se arrepiou o bom cavaleiro, ao sentir nas suas costas o roçar daquele corpo morto, dependurado de uma forca, atravessado por uma adaga. Com que desespero galopou então pela estrada infindável! Em carreira tão violenta o enforcado nem oscilava, rígido sobre a garupa, como um bronze num pedestal. E D. Rui a cada momento sentia um frio mais regelado que lhe regelava os ombros, como se levasse sobre eles um saco cheio de gelo. Ao passar no cruzeiro murmurou: – "Senhor, valei-me!" – Para além do cruzeiro, de repente, estremeceu com o quimérico medo de que tão fúnebre companheiro, para sempre, o ficasse acompanhando, e se tornasse seu destino galopar através do mundo, numa noite eterna, levando um morto à garupa... E não se conteve, gritou para trás, no vento da carreira que os vergastava:

– Para onde quereis que vos leve?

O enforcado, encostando tanto o corpo a D. Rui que o magoou com os copos da adaga, segredou:

– Senhor, convém que me deixeis no Cerro!

Doce e infinito alívio para o bom cavaleiro – pois o Cerro estava perto, e já lhe avistava, na claridade desmaiada, os pilares e as traves negras... Em breve estacou o cavalo, que tremia, branqueado de espuma.

Logo o enforcado, sem rumor, escorregou da garupa, segurou, como bom serviçal, o estribo de D. Rui. E com a caveira erguida, a língua negra mais saída de entre os dentes brancos, murmurou em respeitosa súplica:

— Senhor, fazei-me agora a grande mercê de me pendurar outra vez da minha trave.

D. Rui estremeceu de horror:

— Por Deus! Que vos enforque, eu?...

O homem suspirou, abrindo os braços compridos:

— Senhor, por vontade de Deus é, e por vontade d'Aquela que é mais cara a Deus!

Então, resignado, submisso aos mandados do Alto, D. Rui apeou – e começou a seguir o homem, que subia para o Cerro pensativamente, vergando o dorso, de onde saía, espetada e luzidia, a ponta da adaga. Pararam ambos sob a trave vazia. Em torno das outras traves pendiam as outras carcaças. O silêncio era mais triste e fundo que os outros silêncios da terra. A água da lagoa enegrecera. A lua descia e desfalecia.

D. Rui considerou a trave onde restava, curto no ar, o pedaço de corda que ele cortara com a espada.

— Como quereis que vos pendure? – exclamou. – Àquele pedaço de corda não posso chegar com a mão; nem eu só basto para lá vos içar.

— Senhor – respondeu o homem – aí a um canto deve haver um longo rolo de corda. Uma ponta dela ma atareis a este nó que trago no pescoço; a outra ponta a arremessareis por cima da trave, e puxando depois, forte como sois, bem me podereis reenforcar.

Ambos curvados, com passos lentos, procuraram o rolo de corda. E foi o enforcado que o encontrou, o desenrolou... Então D. Rui descalçou as luvas. E ensinado por ele (que tão bem o aprendera do carrasco), atou uma ponta da corda ao laço que o homem conservava no pescoço, e arremessou fortemente a outra ponta, que ondeou no ar, passou sobre a trave, ficou pendurada rente ao chão. E o rijo cavaleiro, fincando os pés, retesando os braços, puxou, içou o homem, até ele se quedar, suspenso, negro no ar, como um enforcado natural entre os outros enforcados.

— Estais bem assim?

Lenta e sumida, veio a voz do morto:

— Senhor, estou como devo.

Então D. Rui, para o fixar, enrolou a corda em voltas grossas ao pilar de pedra. E tirando o sombreiro, limpando com as costas da mão o suor que o alagava, contemplou o seu sinistro e miraculoso companheiro. Estava já rígido como antes, com a face pendida sob as melenas caídas, os pés inteiriçados, todo puído e carcomido como uma velha carcaça. No peito conservava a adaga cravada. Por cima, dous corvos dormiam quietos.

– E agora que mais quereis? – perguntou D. Rui, começando a calçar as luvas.

Sumidamente, do alto, o enforcado murmurou:

– Senhor, muito vos rogo agora que, ao chegar a Segóvia, tudo conteis fielmente a nossa Senhora do Pilar, vossa madrinha, que dela espero grande mercê para a minha alma, por este serviço que, a seu mandado, vos fez o meu corpo!

Então, D. Rui de Cárdenas tudo compreendeu – e, ajoelhando devotamente sobre o chão de dor e morte, rezou uma longa oração por aquele bom enforcado.

Depois galopou para Segóvia. A manhã clareava, quando ele transpôs a porta de S. Mauros. No ar fino os sinos claros tocavam a matinas. E entrando na igreja de Nossa Senhora do Pilar, ainda no desalinho da sua terrível jornada, D. Rui, de rojo ante o altar, narrou à sua Divina Madrinha a ruim tenção que o levara a Cabril, o socorro que do céu recebera, e, com quentes lágrimas de arrependimento e gratidão, lhe jurou que nunca mais poria desejo onde houvesse pecado, nem no seu coração daria entrada a pensamento que viesse do Mundo e do Mal.

IV

A essa hora, em Cabril, D. Alonso de Lara, com olhos esbugalhados de pasmo e terror, esquadrinhava todas as ruas e recantos e sombras do seu jardim.

Quando ao alvorecer, depois de escutar à porta da câmara onde nessa noite encerrara D. Leonor, ele descera sutilmente ao jardim e não encontrara, debaixo do balcão, rente à escada, como deliciosamente esperava, o corpo de D. Rui de Cárdenas, teve por certo que o homem odioso, ao tombar, ainda com um resto débil de vida, se arrastara sangrando e arquejando, na tentativa de alcançar o cavalo e abalar de Cabril... Mas, com aquela rija adaga que ele três vezes lhe enterrara no peito, e que no peito lhe deixara, não se arrastaria o vilão por muitas jardas, e nalgum canto devia jazer frio e inteiriçado. Rebuscou então cada rua, cada sombra, cada maciço de arbustos. E – maravilhoso caso! – não descobria o corpo, nem pegadas, nem terra que houvesse sido remexida, nem sequer rasto de sangue sobre a terra! E todavia, com mão certeira e faminta de vingança, três vezes ele lhe embebera a adaga no peito, e no peito lha deixara!

E era Rui de Cárdenas o homem que ele matara que muito bem o conhecera logo, do fundo apagado do quarto de onde espreitava, quando ele, à claridade da lua, veio através do terraço, confiado, ligeiro, com a mão na cintura, a face risonhamente erguida e a pluma do sombreiro meneando em triunfo! Como podia ser causa tão rara – um corpo mortal sobrevivendo a um ferro, que três vezes lhe vara o coração e no coração lhe fica cravado? E a maior raridade era que nem no chão, debaixo da varanda, onde corria ao longo do muro uma tira de goivos e cecéns, deixara um vestígio aquele corpo forte, caindo de tão alto pesadamente, inertemente, como um fardo! Nem uma flor machucada – todas direitas, viçosas, como novas, com gotas leves de orvalho! Imóvel de espanto, quase de terror, D. Alonso de Lara ali parava, considerando o balcão, medindo a altura da escada, olhando esgazeadamente os goivos direitos, frescos, sem uma haste ou folha vergada. Depois recomeçava a correr loucamente o terraço, a avenida, a rua de teixos, na esperança ainda de uma pegada, de um galho partido, de uma nódoa de sangue na areia fina.

Nada! Todo o jardim oferecia um desusado arranjo e limpeza nova, como se sobre ele nunca houvesse passado nem o vento que desfolha, nem o sol que murcha.

Então, ao entardecer, devorado pela incerteza e mistério, tomou um cavalo e, sem escudeiro ou cavalariço, partiu para Segóvia. Curvado e escondidamente, como um foragido, penetrou no seu palácio pela porta do pomar; e o seu primeiro cuidado foi correr à galeria de abóbada, destrancar as portadas da janela e espreitar avidamente a casa de D. Rui de Cárdenas. Todas as gelosias da velha morada do arcedíago estavam escuras, abertas, respirando a fresquidão da noite: – e à porta, sentado num banco de pedra, um moço de cavalariça afinava preguiçosamente a bandurra.

D. Alonso de Lara desceu à sua câmara, lívido, pensando que não houvera certamente desgraça em casa onde todas as janelas se abrem para refrescar, e no portão da rua os moços folgam. Então bateu as palmas, pediu furiosamente a ceia. E, apenas sentado, ao topo da mesa, na sua alta sede de couro lavrado, mandou chamar o intendente, a quem ofereceu logo, com estranha familiaridade, um copo de vinho velho. Enquanto o homem, de pé, bebia respeitosamente, D. Alonso, metendo os dedos pelas barbas e forçando a sua sombria face a sorrir, perguntava pelas novas e rumores de Segóvia. Nesses dias da sua estada em Cabril, nenhum caso criara pela cidade espanto e murmuração?... O intendente limpou os beiços, para afirmar que nada ocorrera em Segóvia de que andasse murmuração, a não ser que a filha do Senhor D. Gutierres, tão moça e tão rica herdeira, tomara o véu no convento das Carmelitas Descalças. D. Alonso insistia, fitando vorazmente o intendente. E não se travara uma grande briga?... não se encontrara ferido, na estrada de Cabril, um cavaleiro moço, muito falado?... O intendente encolhia os ombros: nada ouvira, pela cidade, de brigas ou de cavaleiros feridos. Com um aceno desabrido D. Alonso despediu o intendente.

Apenas ceara, parcamente, logo voltou à galeria a espreitar as janelas de D. Rui. Estavam agora cerradas; na última, da esquina, tremeluzia uma claridade. Toda a noite D. Alonso velou, remoendo incansavelmente o mesmo espanto. Como pudera escapar aquele homem, com uma adaga atravessada no coração? Como pudera?... Ao luzir da manhã, tomou uma capa, um largo sombreiro, desceu ao adro, todo embuçado e encoberto, e ficou rondando por diante da casa de D. Rui. Os sinos tocaram a matinas. Os mercadores, com os gibões mal abotoados, saíam a erguer as portadas das lojas, a pendurar as tabuletas. Já os hortelões, picando os burros carregados de seiras, atiravam os pregões de hortaliça fresca, e frades descalços, com o alforje aos ombros, pediam esmola, benziam as moças.

Beatas embiocadas, com grossos rosários negros, enfiavam gulosamente para a igreja. Depois o pregoeiro da cidade, parando a um canto do adro, tocou uma buzina, e numa voz tremenda começou a ler um edital.

O Senhor de Lara, parara junto do chafariz, pasmado, como embebido no cantar das três bicas de água. De repente pensou que aquele edital, lido pelo pregoeiro da cidade, se referia talvez a D. Rui, ao seu desaparecimento... Correu à esquina do adro — mas já o homem enrolara o papel, se afastava majestosamente, batendo nas lajes com a sua vara branca. E, quando se voltava para espiar de novo a casa, eis que os seus olhos atônitos encontram D. Rui, D. Rui que ele matara — e que vinha caminhando para a igreja de Nossa Senhora, ligeiro, airoso, a face risonha e erguida no fresco ar da manhã, de gibão claro, de plumas claras, com uma das mãos pousando na cinta, a outra meneando distraidamente um bastão com borlas de torçal de ouro!

D. Alonso recolheu então a casa com passos arrastados e envelhecidos. No alto da escadaria de pedra, achou o seu velho capelão, que o viera saudar, e que, penetrando com ele na antecâmara, depois de pedir, com reverência, novas da Senhora D. Leonor, lhe contou logo de um prodigioso caso, que causava pela cidade grave murmuração e espanto. Na véspera, de tarde, indo o corregedor visitar o cerro das forcas, pois se acercava a festa dos Santos Apóstolos, descobrira, com muito pasmo e muito escândalo, que um dos enforcados tinha uma adaga cravada no peito! Fora gracejo de um pícaro sinistro? Vingança que nem a morte saciara?... E para maior prodígio ainda, o corpo fora despendurado da forca, arrastado em horta ou jardim (pois que presas aos velhos farrapos se encontraram folhas tenras) e depois novamente enforcado e com corda nova!... E assim ia a turbulência dos tempos, que nem os mortos se furtavam a ultrajes!

D. Alonso escutava com as mãos a tremer, os pelos arrepiados. E imediatamente, numa ansiosa agitação, bradando, tropeçando contra as portas, quis partir, e por seus olhos verificar a fúnebre profanação. Em duas mulas ajaezadas à pressa, ambos abalaram para o Cerro dos Enforcados, ele e o capelão arrastado e aturdido. Numeroso povo de Segóvia se juntara já no Cerro, pasmando para o maravilhoso horror – o morto que fora morto!... Todos se arredaram ante o nobre Senhor de Lara, que arremessando-se pelo cabeço acima, estacara a olhar, esgazeado e lívido, para o enforcado e para a adaga que lhe varava o peito. Era a sua adaga: – fora ele que matara o morto!

Galopou espavoridamente para Cabril. E aí se encerrou com o seu segredo, começando logo a amarelecer, a definhar, sempre arredado da Senhora D. Leonor, escondido pelas ruas sombrias do jardim, murmurando palavras ao vento, até que na madrugada de S. João uma serva, que voltava da fonte com a sua bilha, o encontrou morto, por baixo do balcão de pedra, todo estirado no chão, com os dedos encravados no canteiro de goivos, onde parecia ter longamente esgaravatado a terra, a procurar...

V

Para fugir a tão lamentáveis memórias, a Senhora D. Leonor, herdeira de todos os bens da casa de Lara, recolheu ao seu palácio de Segóvia. Mas como agora sabia que o Senhor D. Rui de Cárdenas escapara miraculosamente à emboscada de Cabril, e como cada manhã, espreitando dentre as gelosias, meio cerradas, o seguia, com olhos que se não fartavam e se umedeciam, quando ele cruzava o adro para entrar na igreja, não quis ela, com receio das pressas e impaciências do seu coração, visitar a Senhora do Pilar enquanto durasse o seu luto. Depois, uma manhã de domingo, quando, em vez de crepes negros, se pôde cobrir de sedas roxas, desceu a escadaria do seu palácio, pálida de uma emoção nova e divina, pisou as lajes do adro, transpôs as portas da igreja. D. Rui de Cárdenas estava ajoelhado diante do altar, onde depusera o seu ramo votivo de cravos amarelos e brancos. Ao rumor das sedas finas, ergueu os olhos com uma esperança muito pura e toda feita de graça celeste, como se um anjo o chamasse. D. Leonor ajoelhou, com o peito a arfar, tão pálida e tão feliz que a cera das tochas não era mais pálida, nem mais felizes as andorinhas que batiam as asas livres pelas ogivas da velha igreja.

Ante esse altar, e de joelhos nessas lajes, foram eles casados pelo Bispo de Segóvia, D. Martinho, no outono do ano da Graça de 1475, sendo já reis de Castela Isabel e Fernando, muito fortes e muito católicos, por quem Deus operou grandes feitos sobre a terra e sobre o mar.

A PERFEIÇÃO

I

Sentado numa rocha, na Ilha de Ogígia, com a barba enterrada entre as mãos, de onde desaparecera a aspereza calosa e tisnada das armas e dos remos, Ulisses, o mais sutil dos homens, considerava, numa escura e pesada tristeza, o mar muito azul que, mansa e harmoniosamente, rolava sobre a areia muito branca. Uma túnica bordada de flores escarlates cobria, em pregas moles, o seu corpo poderoso, que engordara. Nas correias das sandálias, que lhe calçavam os pés amaciados e perfumados de essências, reluziam esmeraldas do Egito. E o seu bastão era um maravilhoso galho de coral, rematado em pinha de pérolas, como os que usam os deuses marinhos.

A divina Ilha, com os seus rochedos de alabastro, os bosques de cedros e tuias odoríferas, as messes eternas dourando os vales, a frescura das roseiras revestindo os outeiros suaves, resplandecia, adormecida na moleza da sesta, toda envolta em mar resplandecente. Nem um sopro dos zéfiros curiosos, que brincam e correm por sobre o Arquipélago, desmanchava a serenidade do luminoso ar, mais doce que o vinho mais doce, todo repassado pelo fino aroma dos prados de violetas. No silêncio, embebido de calor afável, eram de uma harmonia mais embaladora os murmúrios de arroios e fontes, o arrulhar das pombas voando dos ciprestes aos plátanos, e o lento rolar e quebrar da onda mansa sobre a areia macia. E nesta inefável paz e beleza imortal, o sutil Ulisses, com os olhos perdidos nas águas lustrosas, amargamente gemia, revolvendo o queixume do seu coração...

Sete anos, sete imensos anos, iam passados desde que o raio fulgente de Júpiter fendera a sua nave de alta proa vermelha, e ele, agarrado ao mastro partido, trambolhara na braveza mugidora das espumas sombrias, durante nove dias, durante nove noites, até que boiara em águas mais calmas, e tocara as areias daquela ilha onde Calipso, a deusa radiosa, o recolhera e o amara! E durante esses imensos anos, como se arrastara a sua vida, a sua grande e forte vida, que, depois da partida para os muros fatais de Troia, abandonando entre lágrimas inumeráveis a sua Penélope de olhos claros, o seu pequenino Telêmaco enfaixado no colo da ama, andara sempre tão agitada por perigos, e guerras, e astúcias, e tormentas, e rumos perdidos?... Ah! ditosos os reis mortos, com formosas feridas no branco peito, diante das portas de Troia! Felizes os seus companheiros tragados pela onda amarga! Feliz ele se as lanças troianas o trespassassem nessa tarde de grande vento e poeira, quando, junto à *Faia*, defendia dos ultrajes, com a espada sonora, o corpo morto de Aquiles! Mas não! Vivera! – E agora, cada manhã, ao sair sem alegria do trabalhoso leito de Calipso, as ninfas, servas da deusa, o banhavam numa água muito pura, o perfumavam de lânguidas essências, o cobriam com uma túnica sempre nova, ora bordada a sedas finas, ora bordada de ouro pálido! No entanto, sobre a mesa lustrosa, erguida à porta da gruta, na sombra das ramadas, junto ao sussurro dormente de um arroio diamantino, os açafates e as travessas lavradas transbordavam de bolos, de frutas, de tenras carnes fumegando, de peixes cintilando como tramas de prata. A intendenta venerável gelava os vinhos doces nas crateras de bronze, coroadas de rosas. E ele, sentado num escabelo, estendia as mãos para as iguarias perfeitas, enquanto ao lado, sobre um trono de marfim, Calipso, espargindo através da túnica nevada a claridade e o aroma do seu corpo imortal, sublimemente serena, com um sorriso taciturno, sem tocar nas comidas humanas, debicava a ambrosia, bebia em goles delgados o néctar transparente e rubro. Depois, tomando aquele bastão de Príncipe de Povos com que Calipso o presenteara, repercorria sem curiosidade os sabidos caminhos da Ilha, tão lisos e tratados que nunca as suas sandálias reluzentes se maculavam de pó, tão penetrados pela imortalidade da deusa que jamais neles encontrara folha seca, nem flor menos fresca pendendo na haste. Sobre uma rocha se sentava então, contemplando aquele mar que também banhava Ítaca, lá tão bravio, aqui tão sereno, e pensava, e gemia, até que as águas e os caminhos se cobriam de sombra, e ele recolhia à gruta para dormir, sem desejo, com a deusa que o desejava!... E durante estes imensos anos, que destino envolvera a sua Ítaca, a áspera ilha de sombrias matas? Viviam eles ainda, os seres amados? Sobre a forte colina, dominando a enseada de Reitros e os pinheirais de Neus, ainda se erguia o seu palácio, com os belos pórticos pintados de vermelho e roxo? Ao cabo de tão lentos e vazios anos, sem novas, apagada toda a esperança como uma lâmpada, despira a sua Penélope a túnica passageira da viuvez, e passara para os braços de outro esposo forte que, agora, manejava as suas lanças e vindimava as suas vinhas? E o doce filho Telêmaco? Reinaria ele em Ítaca, sentado, com o branco ceptro, sobre o mármore alto da Ágora? Ocioso e rondando pelos pátios, baixaria os olhos sob o império duro de um padrasto? Erraria por cidades alheias, mendigando um salário?... Ah! se a sua existência, assim para sempre arrancada da mulher, do filho, tão doces ao seu coração, andasse ao menos empregada em façanhas ilustres! Dez anos antes, também desconhecia a sorte de Ítaca, e dos seres preciosos que lá deixara em solidão e fragilidade; mas uma empresa heroica o agitava; e cada manhã a sua fama crescia, como uma árvore num promontório, que enche o céu e todos os homens contemplam. Então era a planície de Troia – e as brancas tendas dos gregos ao longo do mar sonoro! Sem cessar, meditava astúcias de guerra; com soberba facúndia discursava na assembleia dos reis; rijamente jungia os cavalos empinados ao timão dos carros; de lança alta corria, entre a grita e a pressa, contra os troianos de altos elmos, que surdiam, em roldão ressoante, das portas Escaias!... Oh! e quando ele, Príncipe de Povos, encolhido sob farrapos de mendigo, com os braços maculados de chagas postiças, coxeando e gemendo, penetrara nos muros da orgulhosa Troia, pelo lado da *Faia*, para de noite, com incomparável ardil e bravura, roubar o paládio tutelar da cidade! E quando, dentro do ventre do cavalo de pau, na escuridão, no aperto de todos aqueles guerreiros hirtos e cobertos de ferro, calmava a impaciência dos que sufocavam, e tapava com a mão a boca de Ânticlos bravejando furioso, ao escutar fora na planície os ultrajes e os escárnios troianos, e a todos murmurava: "Cala, cala! que a noite desce e Troia é nossa..." E depois as prodigiosas viagens! O pavoroso Polifemo, ludibriado com uma astúcia que, para sempre, maravilhará as gerações! As manobras sublimes entre Cila e Caríbde! As sereias, vogando e cantando em torno do mastro, de onde ele, amarrado, as rechaçava com o mudo dardejar dos olhos mais agudos que dardos! A descida aos Infernos, jamais concedida a um mortal!... E agora homem de tão rutilantes feitos jazia numa ilha mole, eternamente preso, sem amor, pelo amor de uma deusa! Como poderia ele fugir, rodeado de mar indomável, sem nave, nem companheiros para mover os remos longos? Os deuses ditosos certamente esqueciam quem tanto por eles combatera, e sempre piedosamente lhes votara as reses devidas, mesmo através do fragor e fumaraça das cidadelas derrubadas, mesmo quando a sua proa encalhava em terra agreste!... E ao herói, que recebera dos reis da Grécia as armas de Aquiles, cabia por destino amargo engordar na ociosidade de uma ilha mais lânguida que uma cesta de rosas, e estender as mãos amolecidas para as iguarias abundantes, e, quando águas e caminhos se cobriam de sombra, dormir sem desejo com uma deusa que, sem cessar, o desejava.

Assim gemia o magnânimo Ulisses, à beira do mar lustroso... E eis que, de repente, um sulco de desusado brilho, mais rutilantemente branco que o de uma estrela caindo, riscou a rutilância do céu, desde as alturas até a cheirosa mata de tuias e cedros, que assombreava um golfo sereno, a oriente da

Ilha. Com alvoroço bateu o coração do herói. Rasto tão refulgente, na refulgência do dia, só um deus o podia traçar através do largo Urano. Um deus, pois, descera à Ilha?

II

Um deus descera, um grande deus... Era o mensageiro dos deuses, o leve, eloquente Mercúrio. Calçado com aquelas sandálias que têm duas asas brancas, os cabelos cor de vinho cobertos pelo casco onde batem também duas claras asas, erguendo na mão o caduceu, ele fendera o Éter, roçara a lisura do mar sossegado, pisara a areia da Ilha, onde as suas pegadas ficavam rebrilhando como palmilhas de ouro novo. Apesar de percorrer toda a terra, com os recados inumeráveis dos deuses, o luminoso mensageiro não conhecia aquela Ilha de Ogígia – e admirou, sorrindo, a beleza dos prados de violetas tão doces para o correr e brincar de ninfas e o harmonioso faiscar dos regatos por entre os altos e lânguidos lírios. Uma vinha, sobre esteios de jaspe, carregada de cachos maduros, conduzia, como fresco pórtico salpicado de sol, até a entrada da gruta, toda de rochas polidas, de onde pendiam jasmineiros e madressilvas, envoltas no sussurrar das abelhas. E logo avistou Calipso, a deusa ditosa, sentada num trono, fiando em roca de ouro, com fuso de ouro, a lã formosa de púrpura marinha. Um aro de esmeraldas prendia os seus cabelos muito anelados e ardentemente louros. Sob a túnica diáfana a mocidade imortal do seu corpo rebrilhava, como a neve, quando a aurora a tinge de rosas nas colinas eternas povoadas de deuses. E, enquanto torcia o fuso, cantava um trinado e fino canto, como trêmulo fio de cristal vibrando da terra ao céu. Mercúrio pensou: "Linda ilha, e linda ninfa!"

De um lume claro de cedro e tuia, subia, muito direito, um fumo delgado que perfumava toda a Ilha. Em toda, sentadas em esteiras, sobre o chão de ágata, as ninfas, servas da deusa, dobavam as lãs, bordavam na seda as flores ligeiras, teciam as puras teias em teares de prata. Todas coraram, com o seio a arfar, sentindo a presença do deus. E sem deter o fuso faiscante, Calipso reconhecera logo o Mensageiro – pois que todos os imortais sabem, uns dos outros, os nomes, os feitos, e os rostos soberanos, mesmo quando habitam retiros remotos que o Éter e o Mar separam.

Mercúrio parara, risonho, na sua nudez divina, exalando o perfume do Olimpo. Então a deusa ergueu para ele, com composta serenidade, o esplendor largo dos seus olhos verdes:

– Oh Mercúrio! por que desceste à minha Ilha humilde, tu, venerável e querido, que eu nunca vi pisar a terra? Dize o que de mim esperas. Já o meu aberto coração me ordena que te contente, se o teu desejo couber dentro do meu poder e do Fado... Mas entra, repousa, e que eu te sirva, como doce irmã, à mesa da hospitalidade.

Tirou da cintura a roca, arredou os anéis soltos do cabelo radiante – e com as suas nacaradas mãos colocou sobre a mesa, que as ninfas acercaram do lume aromático, o prato transbordando de ambrosia, e as infusas de cristal onde cintilava o néctar.

Mercúrio murmurou: – "Doce é a tua hospitalidade, ó deusa!" Pendurou o caduceu do fresco ramo de um plátano, estendeu os dedos reluzentes para a travessa de ouro, risonhamente louvou a excelência daquele néctar da Ilha. E contentada a alma, encostando a cabeça ao tronco liso do plátano que se cobriu de claridade, começou, com palavras perfeitas e aladas:

– Perguntaste porque descia um deus à tua morada, oh deusa! E certamente nenhum imortal percorreria sem motivo, desde o Olimpo até Ogígia, esta deserta imensidão do mar salgado em que se não encontram cidades de homens, nem templos cercados de bosques, nem sequer um pequenino santuário de onde suba aroma do incenso, ou o cheiro das carnes votivas, ou murmúrio gostoso das preces... Mas foi nosso pai Júpiter, o tempestuoso, que me mandou neste recado. Tu recolhestes, e reténs pela força incomensurável da tua doçura, o mais sutil e desgraçado de todos os príncipes que combateram durante dez anos a alta Troia, e depois embarcaram nas naves fundas para voltar à terra da Pátria. Muitos desses conseguiram reentrar nos seus ricos lares, carregados de fama, de despojos, e de histórias excelentes para contar. Ventos inimigos, porém, e um fado mais inexorável, arremessaram a esta tua ilha, enrolado nas sujas espumas, o facundo e astuto Ulisses... Ora, o destino deste herói não é ficar na ociosidade imortal do teu leito, longe daqueles que o choram, e que carecem da sua força e manhas divinas. Por isso Júpiter, regulador da Ordem, te ordena, oh deusa, que soltes o magnânimo Ulisses dos teus braços claros, e o restituas, com os presentes docemente devidos, à sua Ítaca amada, e à sua Penélope, que tece e desfaz a teia ardilosa, cercada dos pretendentes arrogantes, devoradores dos seus gordos bois, sorvedores dos seus frescos vinhos!

A divina Calipso mordeu levemente o beiço; e sobre a sua face luminosa desceu a sombra das densas pestanas cor de jacinto. Depois, com um harmonioso suspiro, em que ondulou todo o seu peito rebrilhante:

– Ah deuses grandes, deuses ditosos! Como sois asperamente ciumentos das deusas, que, sem se esconderem pela espessura dos bosques ou nas pregas escuras dos montes, amam os homens eloquentes e fortes!... Este, que me invejais, rolou às areias da minha ilha, nu, pisado, faminto, preso a uma quilha partida, perseguido por todas as iras, e todas as rajadas, e todos os raios dardejantes de que dispõe o Olimpo. Eu o recolhi, o lavei, o nutri, o amei, o guardei, para que ficasse eternamente ao abrigo das tormentas, da dor e da velhice. E agora Júpiter trovejador, ao cabo de oito anos em que a minha doce vida se enroscou em torno desta afeição como a vide ao olmo, determina que eu me separe do companheiro que escolhera para a minha imortalidade! Realmente sois cruéis, oh deuses, que constantemente aumentais a raça turbulenta dos semideuses dormindo com as mulheres mortais! E como queres que eu mande Ulisses à sua pátria, se não possuo naves, nem remadores, nem piloto sabedor que o guie através das ilhas? Mas quem pode resistir a Júpiter, que ajunta as nuvens? Seja! E que Olimpo ria, obedecido. Eu ensinarei o intrépido Ulisses a construir uma jangada segura, com que de novo fenda o dorso verde do mar...

Imediatamente, o mensageiro Mercúrio se levantou do escabelo pregado com pregos de ouro, retomou o seu caduceu, e bebendo uma derradeira taça do néctar excelente da Ilha, louvou a obediência da deusa:

– Bem farás, oh Calipso! Assim evitas a cólera do Pai trovejante. Quem lhe resistirá? A sua onisciência dirige a sua onipotência. E ele sustenta, como cetro, uma árvore que tem por flor a Ordem... As suas decisões, clementes ou cruéis, resultam sempre em harmonia. Por isso o seu braço se torna terrífico aos peitos rebeldes. Pela tua pronta submissão serás filha estimada, e gozarás uma imortalidade repassada de sossego, sem intrigas e sem surpresas...

Já as asas impacientes das suas sandálias palpitavam, e o seu corpo, com sublime graça, se balançava por sobre as relvas e flores que alcatifavam a entrada da gruta.

– De resto – acrescentou – a tua ilha, oh deusa, fica no caminho das naves ousadas que cortam as ondas. Em breve talvez outro herói robusto, tendo ofendido os imortais, aportará à tua doce praia, abraçado a uma quilha... Acende um facho claro, de noite, nas rochas altas!

E, rindo, o Mensageiro Divino serenamente se elevou, riscando no Éter um sulco de elegante fulgor que as ninfas, esquecida a tarefa, seguiam, com os frescos lábios entreabertos e o seio levantado, no desejo daquele imortal formoso.

Então Calipso, pensativa, lançando sobre os seus cabelos anelados um véu da cor do açafrão, caminhou para a orla do mar, através dos prados, numa pressa que lhe enrodilhava a túnica, à maneira de uma espuma leve, em torno das pernas redondas e róseas. Tão levemente pisou a areia, que o magnânimo Ulisses não a sentiu deslizar, perdido na contemplação das águas lustrosas, com a negra barba entre as mãos, aliviando em gemidos o peso do seu coração. A deusa sorriu, com fugitiva e soberana amargura. Depois, pousando no vasto ombro do Herói os seus dedos tão claros como os de Éos, mãe do dia:

– Não te lamentes mais, desgraçado, nem te consumas, olhando o mar! Os deuses, que me são superiores pela inteligência e pela vontade, determinam que tu partas, afrontes a inconstância dos ventos, e calques de novo a terra da Pátria...

Bruscamente, como o condor fendendo sobre a presa, o divino Ulisses, com a face assombrada, saltou da rocha musgosa:

– Oh deusa, tu dizes!...

Ela continuou sossegadamente, com os formosos braços pendidos, enrodilhados no véu cor de açafrão, enquanto a vaga rolava, mais doce e cantante, no amoroso respeito da sua presença divina:

– Bem sabes que não tenho naves de alta proa, nem remadores de rijo peito, nem piloto amigo das estrelas, que te conduzam... Mas certamente te confiarei o machado de bronze que foi de meu pai, para tu abateres as árvores que eu te marcar, e construíres uma Jangada em que embarques... Depois eu a proverei de odres de vinho, de comidas perfeitas, e a impelirei com um sopro amigo para o mar indomado...

O cauteloso Ulisses recuara lentamente, cravando na deusa um duro olhar que a desconfiança enegrecia. E erguendo a mão, que tremia toda, com a ansiedade seu coração:

– Oh deusa, tu abrigas um pensamento terrível, pois que assim me convidas a afrontar numa jangada as ondas difíceis, onde mal se mantêm fundas naves! Não, deusa perigosa, não! Eu combati na grande guerra onde os deuses também combateram, e conheço a malícia infinita que contém o coração dos imortais! Se resisti às sereias irresistíveis, e me safei com sublimes manobras de entre Cila e Caríbde, e venci Polifemo com um ardil que eternamente me tornará ilustre entre os homens, não foi decerto, oh deusa, para que, agora, na Ilha de Ogígia: como passarinho de pouca penugem, no seu primeiro voo do ninho, caia em armadilha ligeira arranjada com dizeres de mel! Não, deusa, não! Só embarcarei na tua extraordinária jangada se tu jurares, pelo juramento terrífico dos deuses, que não preparas, com esses quietos olhos, a minha perda irreparável!

Assim bradava, à beira das ondas, com o peito a arfar, Ulisses, o herói prudente... Então a deusa clemente riu, com um cantado e refulgente riso. E caminhando para o Herói, correndo os dedos celestes pelos seus espessos cabelos mais negros que o pez:

– Oh maravilhoso Ulisses – disse – tu és, bem na verdade o mais refalsado e manhoso dos homens, pois que nem concebes que exista espírito sem manha e sem falsidade! Meu pai ilustre não me gerou com um coração de ferro! Apesar de imortal, compreendo as desventuras mortais. Só te aconselhei o que eu, deusa, empreenderia, se o Fado me obrigasse a sair de Ogígia através do mar incerto!...

O divino Ulisses retirou lenta e sombriamente a cabeça da rosada carícia dos dedos divinos:

– Mas jura... Oh deusa, jura, para que ao meu peito desça, como onda de leite, a saborosa confiança!

Ela ergueu o claro braço ao azul onde os deuses moram:

– Por Gaia, e pelo céu superior, e pelas águas subterrâneas do Estige, que é a maior invocação que podem lançar os imortais, juro oh homem, príncipe dos homens, que não preparo a tua perda, nem misérias maiores...

O valente Ulisses respirou largamente. E arregaçando logo as mangas da túnica, esfregando as palmas das mãos robustas:

– Onde está o machado de teu pai magnífico? Mostra as árvores, oh deusa!... O dia baixa e o trabalho é longo!

– Sossega, oh homem sôfrego de males humanos! Os deuses superiores em sapiência já determinaram o teu destino... Recolhe comigo à doce gruta, a reforçar a tua força... Quando Éos vermelha aparecer, amanhã, eu te conduzirei à floresta.

III

Era, com efeito, a hora em que homens mortais e deuses imortais se acercam das mesas cobertas de baixelas, onde os espera a abundância, o repouso, o esquecimento dos cuidados, e as amoráveis conversas que contentam a alma. Em breve Ulisses se sentou no escabelo de marfim, que ainda conservava o aroma do corpo de Mercúrio, e diante dele as ninfas, servas da deusa, colocaram os bolos, as frutas, as tenras carnes fumegando, os peixes rebrilhantes como tramas de prata. Pousada num trono de ouro puro, a deusa recebeu da intendenta venerável o prato de ambrosia e a taça de néctar. Ambos estenderam as mãos para as comidas perfeitas da terra e do céu. E logo que deram a oferenda abundante à Fome e à Sede, a ilustre Calipso, encostando a face aos dedos róseos, e considerando pensativamente o Herói, soltou estas palavras aladas:

– Oh Ulisses muito sutil, tu queres voltar à tua morada mortal e à terra da Pátria... Ah! se conhecesses, como eu, quantos duros males tens de sofrer antes de avistar as rochas de Ítaca, ficarias entre os meus braços, amimado, banhado, bem nutrido, revestido de linhos finos, sem nunca perder a querida força, nem a agudeza do entendimento, nem o calor da facúndia, pois que eu te comunicaria a minha imortalidade!... Mas desejas voltar à esposa mortal, que habita na ilha áspera onde as matas são tenebrosas. E todavia eu não lhe sou inferior, nem pela beleza, nem pela inteligência, porque as mortais brilham ante as imortais como lâmpadas fumarentas diante de estrelas puras...

O facundo Ulisses acariciou a barba rude. Depois, erguendo o braço, como costumava na assembleia dos reis, à sombra das altas popas, diante dos muros de Troia, disse:

— Oh deusa venerável, não te escandalizes! Perfeitamente sei que Penélope te está muito inferior em formosura, sapiência e majestade. Tu serás eternamente bela e moça, enquanto os deuses durarem; e ela, em poucos anos, conhecerá a melancolia das rugas, dos cabelos brancos, das dores da decrepitude, e dos passos que tremem apoiados a um pau que treme. O seu espírito mortal erra através da escuridão e da dúvida; tu, sob essa fronte luminosa, possuis as luminosas certezas. Mas, oh deusa, justamente pelo que ela tem de incompleto, de frágil, de grosseiro e de mortal, eu a amo, e apeteço a sua companhia congênere! Considera como é penoso que, nesta mesa, cada dia, eu coma vorazmente o anho das pastagens e a fruta dos vergéis, enquanto tu ao meu lado, pela inefável superioridade da tua natureza, levas aos lábios, com lentidão soberana, a ambrosia divina! Em oito anos, oh deusa, nunca a tua face rebrilhou com uma alegria; nem dos teus verdes olhos rolou uma lágrima; nem bateste o pé, com irada impaciência; nem, gemendo com uma dor, te estendeste no leito macio... E assim trazes inutilizadas todas as virtudes do meu coração, pois que a tua divindade não permite que eu te congratule, te console, te sossegue, ou mesmo te esfregue o corpo dorido com o suco das ervas benéficas. Considera ainda que a tua inteligência de deusa possui todo o saber, atinge sempre a verdade; e, durante o longo tempo que contigo dormi, nunca gozei a felicidade de te emendar, de te contradizer, e de sentir, ante a fraqueza do teu, a força do meu entendimento! Oh deusa, tu és aquele ser terrífico que tem sempre razão! Considera ainda que, como deusa, conheces todo o passado e todo o futuro dos homens; e eu não pude saborear a incomparável delícia de te contar à noite, bebendo o vinho fresco, as minhas ilustres façanhas e as minhas viagens sublimes! Oh deusa, tu és impecável; e quando eu escorregue num tapete estendido, ou me estale uma correia da sandália, não te posso gritar, como os homens mortais gritam às esposas mortais. — "Foi culpa tua, mulher!" — erguendo, em frente à lareira, um alarido cruel! Por isso sofrerei, num espírito paciente, todos os males com que os deuses me assaltem no sombrio mar, para voltar a uma humana Penélope que eu mande, e console, e repreenda, e acuse, e contrarie, e ensine, e humilhe, e deslumbre, e por isso ame de um amor que constantemente se alimenta destes modos ondeantes, como o lume se nutre dos ventos contrários!

Assim o facundo Ulisses desabafava, ante a taça de ouro vazia; e serenamente a deusa escutava, com um sorriso taciturno, e as mãos imóveis sobre o regaço, enrodilhadas na ponta do véu.

No entanto, Febo Apolo descia para ocidente; e já das ancas dos seus quatro cavalos suados subia e se espalhava por sobre o mar um vapor rúbido e dourado. Em breve os caminhos da ilha se cobriram de sombras. E sobre os velos preciosos do leito, ao fundo da gruta, Ulisses, sem desejo, e a deusa, que o desejava, gozaram o doce amor, e depois o doce sono.

Cedo, apenas Éos entreabria as portas do largo Urano, a divina Calipso, que revestira uma túnica mais branca que a neve do Pindo, e pregara nos cabelos um véu transparente e azul como o éter ligeiro, saiu da gruta, trazendo ao magnânimo Ulisses, já sentado à porta, sob a ramada, diante de uma taça de vinho claro, o machado poderoso de seu pai ilustre, todo de bronze, com dous fios, e um rijo cabo de oliveira cortado nas faldas do Olimpo.

Limpando rapidamente a dura barba com as costas da mão, o Herói arrebatou o machado venerável:

— Oh deusa, há quantos anos não palpo uma arma ou uma ferramenta, eu, devastador de cidadelas e construtor de naves!

A deusa sorriu. E, iluminada a lisa face, em palavras aladas:

— Oh, Ulisses, vencedor de homens, se tu ficasses nesta ilha, eu encomendaria para ti, a Vulcano e às suas forjas do Etna, armas maravilhosas...

— Que valem armas sem combates, ou homens que as admirem? De resto, oh deusa, já muito batalhei, e a minha glória entre as gerações está soberbamente segura. Só aspiro ao macio repouso, vigiando os meus gados, concebendo sábias leis para os meus povos... Sê benévola, oh deusa, e mostra as árvores fortes que me convém cortar!

Em silêncio ela caminhou por um atalho, florido de altas e radiosas açucenas, que conduzia à ponta da ilha mais cerrada de matas, do lado do Oriente; e atrás seguia o intrépido Ulisses, com o luzidio machado ao ombro. As pombas deixavam os ramos dos cedros, ou as concavidades das rochas onde bebiam, para esvoaçarem em torno da deusa num tumulto amoroso. Um aroma mais delicado, quando ela passava, subia das flores abertas, como de incensadores. As relvas que a orla da sua túnica roçava reverdejavam num viço mais fresco.

E Ulisses, indiferente aos prestígios da deusa, impaciente com a serenidade divina do seu andar harmonioso, meditava a jangada, almejava pelo bosque.

Denso e escuro o avistou enfim, povoado de carvalhos, de velhíssimas tecas de pinheiros que ramalhavam no alto Éter. Da sua orla descia um areal a que nem concha, nem galho quebrado de coral, nem pálida flor de cardo marinho, desmanchava a doçura perfeita. E o mar refulgia com um brilho safírico, na quietação da manhã branca e corada. Caminhando dos carvalhos às tecas, a deusa marcou ao atento Ulisses os troncos secos, robustecidos por sóis inumeráveis, que flutuariam, com ligeireza mais segura, sobre as águas traidoras. Depois, acariciando o ombro do Herói, como outra árvore robusta também votada às águas cruéis, recolheu à sua gruta, onde tomou a roca de ouro, e todo o dia fiou, e todo o dia cantou...

Com alvoroçada e soberba alegria, Ulisses atirou o machado contra um vasto carvalho que gemeu. E em breve toda a ilha retumbava, no fragor da obra sobre-humana. As gaivotas, adormecidas no silêncio eterno daquelas ribas, bateram o voo em largos bandos, espantadas e gritando. As fluidas divindades dos ribeiros indolentes, estremecendo num fulgente arrepio, fugiam para entre os canaviais e as raízes dos amieiros. Nesse curto dia o valente Ulisses abateu vinte árvores, robles, pinheiros, tecas e choupos – e todas decotou, esquadrou, e alinhou sobre a areia. O seu pescoço e arcado peito fumegavam de suor, quando recolheu pesadamente à gruta, para saciar a rude fome, e beber a cerveja gelada. E nunca ele parecera tão belo à deusa imortal, que, sobre o leito de peles preciosas, apenas os caminhos se cobriram de sombra, encontrou, incansada e pronta, a força daqueles braços que tinham abatido vinte troncos!

Assim, durante três dias, trabalhou o Herói.

E, como arrebatada nessa atividade magnífica que abalava a ilha, a deusa ajudava Ulisses, conduzindo da gruta para a praia, nas suas mãos delicadas, as cordas e os pregos de bronze. As ninfas, por seu mandado, abandonando as tarefas suaves, teciam uma tela forte, para a vela que empurrariam com amor os ventos amáveis. E a intendenta venerável já enchia os odres de vinhos robustos, e preparava com generosidade os víveres numerosos para a travessia incerta. No entanto a jangada crescia, com os troncos bem ligados, e um banco erguido ao meio, de onde se empinava o mastro, desbastado num pinheiro, mais redondo e liso que uma vara de marfim. Cada tarde a deusa, sentada numa rocha à sombra do bosque, contemplava o calafate admirável martelando furiosamente, e cantando, com rija alegria, um canto de remador. E, ligeiras, na ponta dos pés luzidios, por entre o arvoredo, as ninfas, escapando à tarefa, acudiam a espreitar, com desejosos olhos fulgurantes, aquela força solitária, que soberbamente, no areal solitário, ia erguendo uma nave.

IV

Enfim no quarto dia, de manhã, Ulisses findou de esquadrar o leme, que reforçou com grades de amieiro para melhor aparar o embate das ondas. Depois ajuntou um lastro copioso, com a terra da ilha imortal e as suas pedras polidas. Sem descanso, numa ânsia risonha, amarrou à verga alta a vela cortada pelas ninfas. Sobre pesados rolos, manobrando a alavanca, rolou a jangada imensa até a espuma da vaga, num esforço sublime, com músculos tão retesos e veias tão inchadas, que ele mesmo parecia feito de troncos e cordas. Uma ponta da jangada arfou, levantada em cadência pela onda harmoniosa. E o Herói, erguendo os braços lustrosos de suor, louvou os deuses imortais.

Então, como a obra findara e a tarde rebrilhava, propícia à partida, a generosa Calipso trouxe Ulisses, através das violetas e das anêmonas, à fresca gruta. Pelas suas divinas mãos o banhou numa concha de nácar, e o perfumou com essências sobrenaturais, e o vestiu com uma túnica formosa de lã bordada, e lançou sobre os seus ombros um manto impenetrável às neblinas do mar, e lhe estendeu sobre a mesa, para ele saciar a fome rude, as comidas mais sãs e mais finas da terra. O Herói aceitava os amorosos cuidados, com paciente magnanimidade. A deusa, de gestos serenos, sorria taciturnamente.

Depois ela tomou a mão cabeluda de Ulisses, palpando com gosto os calos que lhe deixara o machado; e pela borda do mar o conduziu à praia, onde a vaga mansamente lambia os troncos da jangada forte. Ambos descansaram sobre uma rocha musgosa. Nunca a ilha resplandecera com uma beleza tão serena, entre um mar tão azul, sob um céu tão macio. Nem a água fresca do Pindo bebida em marcha abrasada, nem o vinho dourado que produzem as colinas de Quio, eram mais doces de sorver do que aquele ar repassado de aromas, composto pelos deuses para o respirar de uma deusa. A frescura imorredoura das árvores entrava no coração, quase pedia a carícia dos dedos. Todos os rumores, o dos regatos na relva, o das ondas no areal, o das aves nas sombras frondosas, subiam, suave e finamente fundidos, como as harmonias sagradas de um templo distante. O esplendor e a graça das flores retinham os raios pasmados do sol. Tantos eram os frutos nos vergéis, e as espigas nas messes, que a ilha parecia ceder, afundada no mar, sob o peso da sua abundância.

Então a deusa, ao lado do Herói levemente suspirou, e murmurrrou num sorriso alado:

— Oh, magnânimo Ulisses, tu certamente partes! O desejo te leva de rever a mortal Penélope, e o teu doce Telêmaco, que deixaste no colo da ama quando a Europa correu contra a Ásia, e agora já sustenta na mão uma lança temida. Sempre de um amor antigo, com raízes fundas, brotará mais tarde uma flor, mesmo triste. Mas dize! Se em Ítaca não te esperasse a esposa tecendo e destecendo a teia, e o filho ansioso que alonga os olhos incansados para o mar, deixarias tu, oh homem prudente, esta doçura, esta paz, esta abundância e beleza imortal?

O Herói, ao lado da deusa, estendeu o braço poderoso, como na assembleia dos reis, diante dos muros de Troia, quando plantava nas almas a verdade persuasiva:

— Oh deusa, não te escandalizes! Mas ainda que não existissem, para me levar, nem filho, nem esposa, nem reino, eu afrontaria alegremente os mares e a ira dos deuses! Porque, na verdade, oh deusa muito ilustre, o meu coração saciado já não suporta esta paz, esta doçura e esta beleza imortal. Considera, oh deusa, que em oito anos nunca vi a folhagem destas árvores amarelecer e cair. Nunca este céu rutilante se carregou de nuvens escuras; nem tive o contentamento de estender, bem abrigado, as mãos ao doce lume, enquanto a borrasca grossa batesse nos montes. Todas essas flores que brilham nas hastes airosas são as mesmas, oh deusa, que admirei e respirei, na primeira manhã que me mostraste estes prados perpétuos: — e há lírios que odeio, com um ódio amargo, pela impassibilidade da sua alvura eterna! Estas gaivotas repetem tão incessantemente, tão implacavelmente, o seu voo harmonioso e branco, que eu escondo delas a face, como outros a escondem das negras harpias! E quantas vezes me refugio no fundo da gruta, para não escutar o murmúrio sempre lânguido destes arroios sempre transparentes! Considera, oh deusa, que na tua ilha nunca encontrei um charco; um tronco apodrecido; a carcaça de um bicho morto e coberto de moscas zumbidoras. Oh deusa, há oito anos, oito anos terríveis, estou privado de ver o trabalho, o esforço, a luta e o sofrimento... Oh deusa, não te escandalizes! Ando esfaimado por encontrar um corpo arquejando sob um fardo; dous bois fumegantes puxando um arado; homens que se injuriem na passagem de uma ponte; os braços suplicantes de uma mãe que chora; um coxo, sobre a sua muleta, mendigando à porta das vilas... Deusa, há oito anos que não olho para uma sepultura... Não posso mais com esta serenidade sublime! Toda a minha alma arde no desejo do que se deforma, e se suja, e se espedaça, e se corrompe... Oh deusa imortal, eu morro com saudades da morte!

Imóvel, com as mãos imóveis no regaço; enrodilhadas nas pontas do véu amarelo, a deusa escutara, com um sorriso serenamente divino, o furioso queixume do Herói cativo... No entanto já pela colina as ninfas, servas da deusa, desciam, trazendo à cabeça, e amparando-os com o braço redondo, os jarros de vinho, os sacos de couro, que a intendenta venerável mandava para abastecer a jangada. Silenciosamente, o Herói lançou uma tábua desde a areia até ao bordo de altos toros. E enquanto sobre ela as ninfas passavam, ligeiras, com as manilhas de ouro tilintando nos pés luzidios, Ulisses atento, contando os sacos e os odres, gozava no seu nobre coração a abundância generosa. Mas, amarrados com cordas às cavilhas aqueles fardos excelentes, todas as ninfas, lentamente, se sentaram sobre o areal em torno da deusa, para contemplarem a despedida, o embarque, as manobras do Herói sobre o dorso das águas... Então uma cólera lampejou nos largos olhos de Ulisses. E, diante de Calipso, cruzando furiosamente os valentes braços:

— Oh deusa, pensas tu na verdade que nada falte para que eu largue a vela e navegue? Onde estão os ricos presentes que me deves? Oito anos, oito duros anos, fui o hóspede magnífico da tua ilha, da tua gruta, do teu leito... Sempre os deuses imortais determinaram que aos hóspedes, no momento amigo da partida, se ofertem consideráveis presentes! Onde estão elas, oh deusa, essas riquezas abundantes que me deves por costume da terra e lei do céu?

A deusa sorriu, com sublime paciência. E com palavras aladas, que fugiam na aragem:

— Oh Ulisses, tu és claramente o mais interesseiro dos homens! E também o mais desconfiado, pois que supõe que uma deusa negaria os presentes devidos àquele que amou... Sossega, oh sutil herói... Os ricos presentes não tardam, largos e rebrilhantes.

E, certamente, pela colina suave, outras ninfas desciam, ligeiras, com os véus a ondular, trazendo nos braços alfaias lustrosas, que ao sol rutilavam! O magnânimo Ulisses estendeu as mãos, os olhos devoradores... E, enquanto elas passavam sobre a tábua rangente, o Herói astuto contava, avaliava no seu nobre espírito os escabelos de marfim, os rolos de telas bordadas, os cântaros de bronze lavrado, os escudos cravejados de pedras...

Tão rico e belo era o vaso de ouro que a derradeira ninfa sustentava no ombro, que Ulisses deteve a ninfa, arrebatou o vaso, o sopesou, o mirou, e gritou, com soberbo riso estridente:

– Na verdade, este ouro é bom!

Depois de arrumadas e ligadas sob o largo banco as alfaias preciosas, o impaciente herói, arrebatando o machado, cortou a corda que prendia a jangada ao tronco de um roble, e saltou para o alto bordo que a espuma envolvia. Mas então recordou que nem beijara a generosa e ilustre Calipso! Rápido, arremessando o manto, pulou através da espuma, correu pela areia, e pousou um beijo sereno na fronte aureolada da deusa. Ela segurou de leve o seu ombro robusto:

– Quantos males te esperam, oh desgraçado! Antes ficasses, para toda a imortalidade, na minha ilha perfeita, entre os meus braços perfeitos...

Ulisses recuou, com um brado magnífico:

– Oh deusa, o irreparável e supremo mal está na tua perfeição!

E, através da vaga, fugiu, trepou sofregamente à jangada, soltou a vela, fendeu o mar, partiu para os trabalhos, para as tormentas, para as misérias – para a delícia das cousas imperfeitas!

JOSÉ MATIAS

Linda tarde, meu amigo!... Estou esperando o enterro do José Matias – do José Matias d'Albuquerque, sobrinho do Visconde de Garmilde... O meu amigo certamente o conheceu – um rapaz airoso, louro como uma espiga, com um bigode crespo de paladino sobre uma boca indecisa de contemplativo, destro cavaleiro, de uma elegância sóbria e fina. E espírito curioso, muito afeiçoado às ideias gerais, tão penetrante que compreendeu a minha *Defesa da Filosofia Hegeliana*! Esta imagem do José Matias data de 1865: porque a derradeira vez que o encontrei, numa tarde agreste de janeiro, metido num portal da rua de S. Bento, tiritava dentro de uma quinzena cor de mel, roída nos cotovelos, e cheirava abominavelmente a aguardente.

Mas o meu amigo, numa ocasião que o José Matias parou em Coimbra, recolhendo do Porto, ceou com ele, no Paço do Conde! Até o Craveiro, que preparava as *Ironias e Dores de Satã*, para acirrar mais a briga entre a Escola Purista e a Escola Satânica, recitou aquele seu soneto, de tão fúnebre idealismo: *Na jaula do meu peito, o coração...* E ainda lembro o José Matias, com uma grande gravata de cetim preto, tufada entre o colete de linho branco, sem despegar os olhos das velas das serpentinas, sorrindo palidamente àquele coração que rugia na sua jaula... Era uma noite de abril, de lua cheia. Passeamos depois em bando, com guitarras, pela Ponte e pelo Choupal. O Januário cantou ardentemente as endechas românticas do nosso tempo:

> *Ontem de tarde, ao sol posto,*
> *Contemplavas, silenciosa,*
> *A torrente caudalosa*
> *Que refervia a teus pés...*

E o José Matias, encostado ao parapeito da Ponte, com a alma e os olhos perdidos na lua! – Por que não acompanha o meu amigo este moço interessante ao Cemitério dos Prazeres? Eu tenho uma tipoia, de praça e com número, como convém a um professor de Filosofia... O quê! Por causa das calças claras! Oh! meu caro amigo! De todas as materializações da simpatia, nenhuma mais grosseiramente material do que a casimira preta. E o homem que nós vamos enterrar era um grande espiritualista!

Vem o caixão saindo da Igreja... Apenas três carruagens para o acompanhar. Mas realmente, meu caro amigo, o José Matias morreu há seis anos, no seu puro brilho. Esse, que aí levamos, meio decomposto, dentro de tábuas agaloadas de amarelo, é um resto de bêbedo, sem história e sem nome, que o frio de fevereiro matou no vão de um portal.

O sujeito de óculos de ouro, dentro do *coupé*?... Não conheço, meu amigo. Talvez um parente rico, desses que aparecem nos enterros, com o parentesco corretamente coberto de fumo, quando o defunto já não importuna, nem compromete. O homem obeso de carão amarelo, dentro da vitória, é o Alves *Capão*, que tem um jornal onde desgraçadamente a filosofia não abunda, e que se chama a *Piada*. Que relações o prendiam ao Matias?... Não sei. Talvez se embebedassem nas mesmas tascas; talvez o José Matias ultimamente colaborasse na *Piada*; talvez debaixo daquela gordura e daquela literatura, ambas tão sórdidas, se abrigue uma alma compassiva. Agora é a nossa tipoia... Quer que desça a vidraça? Um cigarro?... Eu trago fósforos. Pois este José Matias foi um homem desconsolador para quem, como eu, na vida ama a evolução lógica e pretende que a espiga nasça coerentemente do grão. Em Coimbra sempre o consideramos como uma alma escandalosamente banal. Para este juízo concorria talvez a sua horrenda correção. Nunca um rasgão brilhante na batina! Nunca uma poeira estouvada nos sapatos! Nunca um pelo rebelde do cabelo ou do bigode fugido daquele rígido alinho que nos desolava! Além disso, na nossa ardente geração, ele foi o único intelectual que não rugiu com as misérias da Polônia; que leu sem palidez ou pranto as *Contemplações*; que permaneceu insensível ante a ferida de Garibaldi! E todavia, nesse José Matias, nenhuma secura ou dureza ou egoísmo ou desafabilidade! Pelo contrário! Um suave camarada, sempre cordial, e mansamente risonho. Toda a sua inabalável quietação parecia provir de uma imensa superficialidade sentimental. E, nesse tempo, não foi sem razão e propriedade que nós alcunhamos aquele moço tão macio, tão louro e tão ligeiro, de *Matias--Coração-de-Esquilo*. Quando se formou, como lhe morrera o pai, depois a mãe, delicada e linda senhora de quem herdara cinquenta contos, partiu para Lisboa, alegrar a solidão de um tio que o adorava, o General Visconde de Garmilde. O meu amigo sem dúvida se lembra dessa perfeita estampa de general clássico, sempre de bigodes termicamente encerados, as calças cor de flor de alecrim desesperadamente esticadas pelas presilhas sobre as botas coruscantes, e o chicote debaixo do braço com a ponta a tremer, ávida de vergastar o Mundo! Guerreiro grutesco e deliciosamente bom... O Garmilde morava então em Arroios, numa casa antiga de azulejos, com um jardim, onde ele cultivava apaixonadamente canteiros soberbos de dálias. Esse jardim subia muito suavemente até ao muro coberto de hera que o separava de outro jardim, o largo e belo jardim de rosas do Conselheiro Matos Miranda, cuja casa, com um arejado terraço entre dous torreõezinhos amarelos, se erguia no cimo do outeiro e se chamava a casa da "Parreira". O meu amigo conhece (pelo menos de tradição, como se conhece Helena de Troia ou Inês de Castro) a formosa Elisa Miranda, a Elisa da Parreira... Foi a sublime beleza romântica de Lisboa, nos fins da Regeneração. Mas realmente Lisboa apenas a entrevia pelos vidros da sua grande caleche, ou nalguma noite de iluminação do Passeio Público entre a poeira e a turba, ou nos dous bailes da Assembleia do Carmo, de que o Matos Miranda era um diretor venerado. Por gosto borralheiro de provinciana, ou por pertencer àquela burguesia séria que nesses tempos, em Lisboa, ainda conservava os antigos hábitos severamente encerrados, ou por imposição paternal do marido, já diabético e com sessenta anos – a Deusa raramente emergia de Arroios e se mostrava aos mortais. Mas quem a viu, e com facilidade constante, quase irremediavelmente, logo que se instalou em Lisboa, foi o José Matias – porque, jazendo o palacete do General na falda da colina, aos pés do jardim e da casa da Parreira, não podia a divina Elisa assomar a uma janela, atravessar o terraço, colher uma rosa entre as ruas de buxo, sem ser deliciosamente visível, tanto mais que nos dous jardins assoalhados nenhuma árvore espalhava a cortina da sua rama densa. O meu amigo decerto trauteou, como todos trauteamos, aqueles versos gastos, mas imortais:

> *Era no outono, quando a imagem tua*
> *À luz da lua...*

Pois, como nessa estrofe, o pobre José Matias, ao regressar da praia da Ericeira em outubro, no outono, avistou Elisa Miranda, uma noite no terraço, à luz da lua! O meu amigo nunca contemplou aquele precioso tipo de encanto lamartiniano. Alta, esbelta, ondulosa, digna da comparação bíblica da palmeira ao vento. Cabelos negros, lustrosos e ricos, em bandós ondeados. Uma carnação de camélia muito fresca. Olhos negros, líquidos, quebrados, tristes, de longas pestanas... Ah! meu amigo, até eu, que já então laboriosamente anotava Hegel, depois de a encontrar numa tarde de chuva esperando a carruagem à porta do Seixas, a adorei durante três exaltados dias e lhe rimei um soneto! Não sei se o José Matias lhe dedicou sonetos. Mas todos nós, seus amigos, percebemos logo o forte, profundo, absoluto amor que concebera, desde a noite de outono, à luz da lua, aquele coração, que em Coimbra considerávamos de *esquilo!*

    Bem compreende que homem tão comedido e quieto não se exalou em suspiros públicos. Já, porém, no tempo de Aristóteles, se afirmava que amor e fumo não se esconder; e do nosso cerrado José Matias o amor começou logo a escapar, como o fumo leve através das fendas invisíveis de uma casa fechada que arde terrivelmente. Bem me recordo de uma tarde que o visitei em Arroios, depois de voltar do Alentejo. Era um domingo de julho. Ele ia jantar com uma tia-avó, uma D. Mafalda Noronha, que vivia em Benfica, na quinta dos Cedros, onde habitualmente jantavam também aos domingos o Matos Miranda e a divina Elisa. Creio mesmo que só nessa casa ela e o José Matias se encontravam, sobretudo com as facilidades que oferecem pensativas alamedas e retiros de sombra. As janelas do quarto do José Matias abriam sobre o seu jardim e sobre o jardim dos Mirandas, e, quando entrei, ele ainda se vestia, lentamente. Nunca admirei, meu amigo, face humana aureolada por felicidade mais segura e serena! Sorria iluminadamente quando me abraçou, com um sorriso que vinha das profundidades da alma iluminada; sorria ainda deliciadamente enquanto eu lhe contei todos os meus desgostos no Alentejo: sorriu depois extaticamente, aludindo ao calor e enrolando um cigarro distraído; e sorriu sempre, enlevado, a escolher na gaveta da cômoda, com escrúpulo religioso, uma gravata de seda branca. E a cada momento, irresistivelmente, por um hábito já tão inconsciente como o pestanejar, os seus olhos risonhos, calmamente enternecidos, se voltavam para as vidraças fechadas... De sorte que, acompanhando aquele raio ditoso, logo descobri, no terraço da casa da Parreira, a divina Elisa, vestida de claro, com um chapéu branco, passeando preguiçosamente, calçando pensativamente as luvas, e espreitando também as janelas do meu amigo, que um lampejo oblíquo do sol ofuscava de manchas de ouro. O José Matias no entanto conversava, antes murmurava, através do sorriso perene, cousas afáveis e dispersas. Toda a sua atenção se concentrara diante do espelho, no alfinete de coral e pérola para prender a gravata, no colete branco que abotoava e ajustava com a devoção com que um padre novo, na exaltação cândida da primeira missa, se reveste da estola e do amicto, para se acercar do altar. Nunca eu vira um homem deitar, com tão profundo êxtase, água-de-colônia no lenço! E depois de enfiar a sobrecasaca, de lhe espetar uma soberba rosa, foi com inefável emoção, sem reter um delicioso suspiro, que abriu largamente, solenemente, as vidraças! *Introibo ad altarem Deœ!* Eu permaneci discretamente enterrado no sofá. E, meu caro amigo, acredite, invejei aquele homem à janela, imóvel, hirto na sua adoração sublime, com os olhos, e a alma, e todo o ser cravados no terraço, na branca mulher calçando as luvas claras, e tão indiferente ao Mundo como se o Mundo fosse apenas o ladrilho que ela pisava e cobria com os pés!

E este enlevo, meu amigo, durou dez anos, assim esplêndido, puro, distante e imaterial! Não ria... Decerto se encontravam na quinta de D. Mafalda; decerto se escreviam, e transbordantemente, atirando as cartas por cima do muro que separava os dous quintais; mas nunca, por cima das heras desse muro, procuraram a rara delícia de uma conversa roubada ou a delícia ainda mais perfeita de um silêncio escondido na sombra. E nunca trocaram um beijo.... Não duvide! Algum aperto de mão fugidio e sôfrego, sob os arvoredos da D. Mafalda, foi o limite exaltadamente extremo, que a vontade lhes marcou ao desejo. O meu amigo não compreende como se mantiveram assim dous frágeis corpos, durante dez anos, em tão terrível e mórbido renunciamento... Sim, decerto lhes faltou, para se perderem, uma hora de segurança ou uma portinha no muro. Depois a divina Elisa vivia realmente num mosteiro, em que ferrolhos e grades eram formados pelos hábitos rigidamente reclusos do Matos Miranda, diabético e tristonho. Mas, na castidade deste amor, entrou muita nobreza moral e finura superior de sentimento. O amor espiritualiza o homem – e materializa a mulher. Essa espiritualização era fácil ao José Matias, que (sem nós desconfiarmos) nascera desvairadamente espiritualista; mas a humana Elisa encontrou também um gozo delicado nessa ideal adoração de monge, que nem ousa roçar, com os dedos trêmulos e embrulhados no rosário, a túnica da Virgem sublimada. Ele, sim! Ele gozou nesse amor transcendentemente desmaterializado um encanto sobre--humano. E durante dez anos, como o Rui Blás do velho Hugo, caminhou, vivo e deslumbrado, dentro do seu sonho radiante, sonho em que Elisa habitou realmente dentro da sua alma, numa fusão tão absoluta que se tornou substancial com o seu ser! Acreditará o meu amigo que ele abandonou o charuto, mesmo passeando solitariamente a cavalo pelos arredores de Lisboa, logo que descobrira na quinta de D. Mafalda, uma tarde, que o fumo perturbava Elisa?

E esta presença real da divina criatura no seu ser criou no José Matias modos novos, estranhos, derivando da alucinação. Como o Visconde de Garmilde jantava cedo, à hora vernácula do Portugal antigo, José Matias ceava, depois de S. Carlos, naquele delicioso e saudoso Café Central, onde o linguado parecia frito no céu e o Colares do céu engarrafado. Pois nunca ceava sem serpentinas profusamente acesas e a mesa juncada de flores. Por quê? Porque Elisa também ali ceava, invisível. Daí esses silêncios banhados num sorriso religiosamente atento... Por quê? Porque a estava sempre escutando! Ainda me lembro de ele arrancar do quarto três gravuras clássicas de faunos ousados e ninfas rendidas... Elisa pairava idealmente naquele ambiente; e ele purificava as paredes, que mandou forrar de sedas claras. O amor arrasta ao luxo, sobretudo amor de tão elegante idealismo; e o José Matias prodigalizou com esplendor o luxo que ela partilhava. Decentemente não podia andar com a imagem de Elisa numa tipoia de praça, nem consentir que a augusta imagem roçasse pelas cadeiras de palhinha da plateia de S. Carlos. Montou, portanto, carruagens de um gosto sóbrio e puro; e assinou um camarote na Ópera, onde instalou, para ela, uma poltrona pontifial, de cetim branco, bordado a estrelas de ouro.

Além disso, como descobrira a generosidade de Elisa, logo se tornou congênere e suntuosamente generoso; e ninguém existiu então em Lisboa que espalhasse, com facilidade mais risonha, notas de cem mil-réis. Assim desbaratou, rapidamente, sessenta contos com o amor daquela mulher a quem nunca dera uma flor!

E, durante esse tempo, o Matos Miranda? Meu amigo, o bom Matos Miranda não desmanchava nem a perfeição, nem a quietação desta felicidade! Tão absoluto seria o espiritualismo do José Matias, que apenas se interessasse pela alma de Elisa, indiferente às submissões do seu corpo, invólucro inferior e mortal?... Não sei. Verdade seja! Aquele digno diabético, tão grave, sempre de *cache-nez* de lã escura, com as suas suíças grisalhas, os seus ponderosos óculos de ouro, não sugeria ideias inquietadoras de marido ardente, cujo ardor, fatalmente e involuntariamente, se partilha e abrasa. Todavia nunca compreendi, eu, filósofo, aquela consideração, quase carinhosa, do José Matias pelo homem que, mesmo desinteressadamente, podia por direito, por costume, contemplar Elisa desapertando as fitas da saia branca!... Haveria ali reconhecimento por o Miranda ter descoberto numa remota rua de Setúbal (onde José Matias nunca a descortinaria) aquela divina mulher, e por a manter em conforto, salidamente nutrida, finamente vestida, transportada em caleches de macias molas? Ou recebera o José Matias aquela costumada confidência – "não sou tua, nem dele" – que tanto consola do sacrifício, porque tanto lisonjeia o egoísmo?... Não sei. Mas, com certeza, este seu magnânimo desdém pela presença corporal do Miranda no templo, onde habitava a sua deusa, dava à felicidade de José Matias uma unidade perfeita, a unidade de um cristal que por todos os lados rebrilha, igualmente puro, sem arranhadura ou mancha. E esta felicidade, meu amigo, durou dez anos... Que escandaloso luxo para um mortal!

Mas um dia, a terra, para o José Matias, tremeu toda, num terramoto de incomparável espanto. Em janeiro ou fevereiro de 1871, o Miranda, já debilitado pela diabetes, morreu com uma pneumonia. Por estas mesmas ruas, numa pachorrenta tipoia de praça, acompanhei o seu enterro numeroso, rico, com ministros, porque o Miranda pertencia às Instituições. E depois, aproveitando a tipoia, visitei o José Matias em Arroios, não por curiosidade perversa, nem para lhe levar felicitações indecentes, mas para que, naquele lance deslumbrador, ele sentisse ao lado a força moderadora da Filosofia... Encontrei porém com ele um amigo mais antigo e confidencial, aquele brilhante Nicolau da Barca, que já conduzi também a este cemitério, onde agora jazem, debaixo de lápides, todos aqueles camaradas com quem levantei castelos nas nuvens... O Nicolau chegara da Velosa, da sua quinta de Santarém, de madrugada, reclamado por um telegrama do Matias. Quando entrei, um criado atarefado arranjava duas malas enormes. O José Matias abalava nessa noite para o Porto. Já envergara mesmo um fato de viagem, todo negro, com sapatos de couro amarelo; e depois de me sacudir a mão enquanto o Nicolau remexia um grogue, continuou vagando pelo quarto, calado, como embaçado, com um modo que não era emoção, nem alegria pudicamente disfarçada, nem surpresa do seu destino bruscamente sublimado. Não! se o bom Darwin não nos iluda no seu livro da *Expressão das Emoções*, o José Matias, nessa tarde, só sentia e só exprimia embaraço! Em frente, na casa da Parreira, todas as janelas permaneciam fechadas sob a tristeza da tarde cinzenta. E todavia surpreendi o José Matias atirando para o terraço, rapidamente, um olhar em que transparecia inquietação, ansiedade, quase terror! Como direi? Aquele é o olhar que se resvala para a jaula mal segura onde se agita uma leoa! Num momento em que ele entrara na alcova, murmurei ao Nicolau, por cima do grogue: "O Matias faz perfeitamente em ir para o Porto..." Nicolau encolheu os ombros: – "Sim, pensou que era mais delicado... Eu aprovei. Mas só durante os meses de luto pesado..." Às sete horas acompanhamos o nosso amigo à estação de Santa Apolônia. Na volta, dentro do *coupé* que uma grande chuva batia, filosofamos. Eu sorria contente: – "Um ano de luto, e depois muita felicidade e muitos filhos... É um poema acabado!" – O Nicolau acudiu, sério: – "E acabado numa deliciosa e suculenta prosa. A divina Elisa fica com toda a sua divindade e a fortuna do Miranda, uns dez ou doze contos de renda... Pela primeira vez na nossa vida contemplamos, tu e eu, a virtude recompensada!"

Meu caro amigo! os meses cerimoniais de luto passaram, depois outros, e José Matias não se arredou do Porto. Nesse agosto o encontrei eu instalado fundamentalmente no Hotel Francforte, onde entretinha a melancolia dos dias abrasados, fumando (porque voltara ao tabaco), lendo romances de Júlio Verne, e bebendo cerveja gelada até que a tarde refrescava e ele se vestia, se perfumava, se floria para jantar na Foz.

E apesar de se acercar o bendito remate do luto e da desesperada espera, não notei no José Matias nem alvoroço elegantemente reprimido nem revolta contra a lentidão do tempo, velho por vezes tão moroso e trôpego... Pelo contrário! Ao sorriso de radiosa certeza, que nesses anos o iluminara com um nimbo de beatitude, sucedera a seriedade carregada, toda em sombra e rugas, de quem se debate numa dúvida irresolúvel, sempre presente, roedora e dolorosa. Quer que lhe diga? Nesse verão, no Hotel Francforte, sempre me pareceu que o José Matias, a cada instante da sua vida acordada, mesmo emborcando a fresca cerveja, mesmo calçando as luvas ao entrar para a caleche que o levava à Foz, angustiadamente perguntava à sua consciência: – "Que hei de fazer? Que hei de fazer?" – E depois, uma manhã, ao almoço, realmente me assombrou, exclamando ao abrir o jornal, com um assomo de sangue na face: "O quê! Já são 29 de agosto? Santo Deus... Já o fim de agosto!..."

Voltei a Lisboa, meu amigo. O inverno passou, muito seco e muito azul. Eu trabalhei nas minhas *Origens do Utilitarismo*. Um domingo, no Rossio, quando já se vendiam cravos nas tabacarias, avistei dentro de um *coupé* a divina Elisa, com plumas roxas no chapéu. E nessa semana encontrei no meu *Diário Ilustrado* a notícia curta, quase tímida, do casamento da Senhora D. Elisa Miranda... Com quem, meu amigo? – Com o conhecido proprietário, o Senhor Francisco Torres Nogueira!...

O meu amigo cerrou aí o punho, e bateu na coxa, espantado. Eu também cerrei os punhos ambos, mas para os levantar ao Céu onde se julgam os feitos da Terra, e clamar furiosamente, aos urros, contra a falsidade, a inconstância ondeante e pérfida, toda a enganadora torpeza das mulheres, e daquela especial Elisa cheia de infâmia entre as mulheres! Atraiçoar à pressa, atabalhoadamente, apenas findara o luto negro, aquele nobre, puro, intelectual Matias e o seu amor de dez anos, submisso e sublime!...

E depois de apontar os punhos para o Céu ainda os apertava na cabeça, gritando: – "Mas por quê? Por quê?" – Por amor? Durante anos ela amara enlevadamente este moço, e de um amor que se não desiludira nem se fartara, porque permanecia suspenso, imaterial, insatisfeito. Por ambição? Torres Nogueira era um ocioso amável como José Matias, e possuía em vinhas hipotecadas os mesmos cinquenta ou sessenta contos que o José Matias herdara agora do tio Garmilde em terras excelentes e livres. Então por quê? Certamente porque os grossos bigodes negros do Torres Nogueira apeteciam mais à sua carne, do que o buço louro e pensativo do José Matias! Ah! bem ensinara S. João Crisóstomo que a mulher é um montruo de impureza, erguido à porta do Inferno!

Pois, meu amigo, quando eu assim rugia, encontro uma tarde na rua do Alecrim o nosso Nicolau da Barca, que salta da tipoia, me empurra para um portal, agarra excitadamente no meu pobre braço, e exclama engasgado: – "Já sabes? Foi o José Matias que recusou! Ela escreveu, esteve no Porto, chorou... Ele nem consentiu em a ver! Não quis casar, não quer casar!" Fiquei trespassado. – "E então ela..." – "Despeitada, fortemente cercada pelo Torres, cansada da viuvice, com aqueles belos trinta anos em botão, que diabo, coitada, casou!" Eu ergui os braços até a abóbada do pátio: – "Mas então esse sublime amor do José Matias?" O Nicolau, seu íntimo e confidente, jurou com irrecusável segurança: – "É o mesmo sempre! Infinito, absoluto... Mas não quer casar!" – Ambos nos olhamos, e depois ambos nos separamos, encolhendo os ombros, com aquele assombro resignado que convém a espíritos prudentes perante o Incognoscível. Mas eu, filósofo, e portanto espírito imprudente, toda essa noite esfuraquei o ato do José Matias com a ponta de uma psicologia que expressamente aguçara: – e já de madrugada, estafado, concluí, como se conclui sempre em filosofia, que me encontrava diante de uma Causa Primária, portanto impenetrável, onde se quebraria, sem vantagem para ele, para mim, ou para o Mundo, a ponta do meu Instrumento!

Depois a divina Elisa casou e continuou habitando a Parreira com o seu Torres Nogueira, no conforto e sossego que já gozara com o seu Matos Miranda. No meado do verão José Matias recolheu do Porto a Arroios, ao casarão do tio Garmilde, onde reocupou os seus antigos quartos, com as varandas para o jardim, já florido de dálias que ninguém tratava. Veio agosto, como sempre em Lisboa silencioso e quente. Aos domingos José Matias jantava com D. Mafalda de Noronha, em Benfica, solitariamente – porque o Torres Nogueira não conhecia aquela venerada senhora da Quinta dos Cedros. A divina Elisa, com vestidos claros, passeava à tarde no jardim entre as roseiras. De sorte que a única mudança, naquele doce canto de Arroios, parecia ser o Matos Miranda no seu belo jazigo dos Prazeres, todo de mármore – e o Torres Nogueira no leito excelente de Elisa.

Havia, porém, uma tremenda e dolorosa mudança – a do José Matias! Adivinha o meu amigo como esse desgraçado consumia os seus estéreis dias? Com os olhos, e a memória, e a alma, e todo o ser cravados no terraço, nas janelas, nos jardins da Parreira! Mas agora não era de vidraças largamente abertas, em aberto êxtase, com o sorriso de segura beatitude: era por trás das cortinas fechadas, através de uma escassa fenda, escondido, surripiando furtivamente os brancos sulcos do vestido branco, com a face toda devastada pela angústia e pela derrota. E compreende por que sofria assim, este pobre coração? Certamente porque Elisa, desdenhada pelos seus braços fechados, correra logo, sem luta, sem escrúpulos, para outros braços, mais acessíveis e prontos... Não, meu amigo! E note agora a complicada sutileza desta paixão. O José Matias permanecia devotadamente crente de que Elisa, na profundidade da sua alma, nesse sagrado fundo espiritual onde não entram as imposições das conveniências, nem as decisões da razão pura, nem os ímpetos do orgulho, nem as emoções da carne – o amava, a ele, unicamente a ele, e com um amor que não deperecera, não se alterara, floria em todo o seu viço, mesmo sem ser regado ou tratado, como a antiga Rosa Mística! O que o torturava, meu amigo, o que lhe cavara longas rugas em curtos meses, era que um homem, um macho, um bruto, se tivesse apoderado daquela mulher que era sua e que do modo mais santo e mais socialmente puro, sob o patrocínio enternecido da Igreja e do Estado, lambuzasse com os rijos bigodes negros, à farta, os divinos lábios que ele nunca ousara roçar, na supersticiosa reverência e quase no terror da sua divindade! Como lhe direi?... O sentimento deste extraordinário Matias era o de um monge, prostrado ante uma imagem da Virgem, em transcendente enlevo – quando de repente um bestial sacrílego trepa ao altar, e ergue obscenamente a túnica da imagem! O meu amigo sorri... E então o Matos Miranda? Ah! meu amigo! Esse era diabético, e grave, e obeso, e já existia instalado na Parreira, com a sua obesidade e a sua diabetes, quando ele conhecera Elisa e lhe dera para sempre vida e coração. E o Torres Nogueira, esse, rompera brutalmente através do seu puríssimo amor, com os negros bigodes, e os carnudos braços, e o rijo arranque de um antigo pegador de touros, e empolgara aquela mulher – a quem revelara talvez o que é um homem!

Mas, com os demônios! Essa mulher ele a recusara, quando ela se lhe oferecia, na frescura e na grandeza de um sentimento que nenhum desdém ainda ressequira ou abatera. Que quer?... É a espantosa tortuosidade espiritual deste Matias! Ao cabo de uns meses ele *esquecera*; positivamente *esquecera* essa recusa afrontosa, como se fora um leve desencontro de interesses materiais ou sociais, passado há meses, no Norte, e a que a distância e o tempo dissipavam a realidade e a amargura leve! E agora, aqui em Lisboa, com as janelas de Elisa diante das suas janelas e as rosas dos dous jardins unidos recendendo na sombra, a dor presente, a dor real, era que ele amara sublimemente uma mulher, e que a colocara entre as estrelas para mais pura adoração, e que um bruto moreno, de bigodes negros, arrancara essa mulher dentre as estrelas e a arremessara para a cama!

Enredado caso, hem, meu amigo? Ah! muito filosofei sobre ele, por dever de filósofo! E concluí que o Matias era um doente, atacado de hiperespiritualismo, de uma inflamação violenta e pútrida do espiritualismo, que receara apavoradamente as materialidades do casamento, as chinelas, a pele pouco fresca ao acordar, um ventre enorme durante seis meses, os meninos berrando no berço molhado... E agora rugia de furor e tormento, porque certo materialão, ao lado, se prontificara a aceitar Elisa em camisola de lã. Um imbecil?... Não, meu amigo! um ultrarromântico, loucamente alheio às realidades fortes da vida, que nunca suspeitou que chinelas e cueiros sujos de meninos são cousas de superior beleza em casa em que entre o sol e haja amor.

E sabe o meu amigo o que exacerbou, mais furiosamente, este tormento? É que a pobre Elisa mostrava por ele o antigo amor! Que lhe parece? Infernal, hem?... Pelo menos se não sentia o antigo amor intato na sua essência, forte como outrora e único, conservava pelo pobre Matias uma irresistível curiosidade e repetia os gestos desse amor... Talvez fosse apenas a fatalidade dos jardins vizinhos! Não sei. Mas logo desde setembro, quando o Torres Nogueira partiu para as suas vinhas de Carcavelos, a assistir à vindima, ela recomeçou, da borda do terraço, por sobre as rosas e as dálias abertas, aquela doce remessa de doces olhares com que durante dez anos extasiara o coração do José Matias.

Não creio que se escrevessem por cima do muro do jardim, como sob o regime paternal do Matos Miranda... O novo senhor, o homem robusto da bigodeira negra, impunha à divina Elisa, mesmo de longe, dentre as vinhas de Carcavelos, retraimento e prudência. E acalmada por aquele marido, moço e forte, menos sentiria agora a necessidade de algum encontro discreto na sombra tépida da noite, mesmo quando a sua elegância moral e o rígido idealismo do José Matias, consentissem em aproveitar uma escada contra o muro... De resto, Elisa era fundamentalmente honesta; e conservava o respeito sagrado do seu corpo, por o sentir tão belo e cuidadosamente feito por Deus – mais do que da sua alma. E quem sabe?... Talvez a adorável mulher pertencesse à bela raça daquela marquesa italiana, a Marquesa Júlia de

Malfieri, que conservava dous amorosos ao seu doce serviço, um poeta para as delicadezas românticas e um cocheiro para as necessidades grosseiras.

Enfim, meu amigo, não psicologuemos mais sobre esta viva, atrás do morto que morreu por ela! O fato foi que Elisa e o seu amigo insensivelmente recaíram na velha união ideal, através dos jardins em flor. E em outubro, como o Torres Nogueira continuava a vindimar em Carcavelos, o José Matias, para contemplar o terraço da Parreira, já abria de novo as vidraças, larga e extaticamente!

Parece que um tão estreme espiritualista, reconquistando a idealidade do antigo amor, devia reentrar também na antiga felicidade perfeita. Ele reinava na alma imortal de Elisa: – que importava que outro se ocupasse do seu corpo mortal? Mas não! o pobre moço sofria, angustiadamente. E, para sacudir a pungência destes tormentos, findou, ele tão sereno, de uma tão doce harmonia de modos, por se tornar um agitado. Ah! meu amigo, que redemoinho e estrépito de vida! Desesperadamente, durante um ano, remexeu, aturdiu, escandalizou Lisboa! São desse tempo algumas das suas extravagâncias lendárias... Conhece a da ceia? Uma ceia oferecida a trinta ou quarenta mulheres das mais torpes e das mais sujas, apanhadas pelas negras vielas do Bairro Alto e da Mouraria, que depois mandou montar em burros, e gravemente, melancolicamente, posto na frente, sobre um grande cavalo branco, com um imenso chicote, conduziu aos altos da Graça, para saudar a aparição do sol!

Mas todo este alarido não lhe dissipou a dor – e foi então que, nesse inverno, começou a jogar e a beber! Todo o dia se encerrava em casa (certamente por trás das vidraças, agora que Torres Nogueira regressara das vinhas), com olhos e alma cravados no terraço fatal; depois, à noite, quando as janelas de Elisa se apagavam, saía numa tipoia, sempre a mesma, a tipoia do *Gago*, corria à roleta do Bravo, depois ao clube do "Cavalheiro", onde jogava freneticamente até a tardia hora de cear, num gabinete de restaurante, com molhos de velas acesas, e o Colares, e o *Champagne*, e o Conhaque correndo em jorros desesperados.

E esta vida, espicaçada pelas Fúrias, durou anos, sete anos! Todas as terras que lhe deixara o tio Garmilde se foram, largamente jogadas e bebidas; e só lhe restava o casarão de Arroios e o dinheiro apressado, porque o hipotecara. Mas, subitamente, desapareceu de todos os antros de vinho e de jogo. E soubemos que o Torres Nogueira estava morrendo com uma anasarca!

Por esse tempo, e por causa de um negócio do Nicolau da Barca, que me telegrafara ansiosamente da sua quinta de Santarém (negócio embrulhado, de uma letra) procurei o José Matias em Arroios, às dez horas, numa noite quente de abril. O criado, enquanto me conduzia pelo corredor mal alumiado, já desadornado das ricas arcas e talhas da Índia do velho Garmilde, confessou que Sua Excelência não acabara de jantar... E ainda me lembro, com um arrepio, da impressão desolada que me deu o desgraçado! Era no quarto que abria sobre os dous jardins. Diante de uma janela, que as cortinas de damasco cerravam, a mesa resplandecia, com duas serpentinas, um cesto de rosas brancas, e algumas das nobres pratas do Garmilde; e ao lado, todo estendido numa poltrona, com o colete branco desabotoado, a face lívida descaída sobre o peito, um copo vazio na mão inerte, o José Matias parecia adormecido ou morto.

Quando lhe toquei no ombro, ergueu num sobressalto a cabeça, toda despenteada: – "Que horas são?" – Apenas lhe gritei, num gesto alegre, para o despertar, que era tarde, que eram dez, encheu precipitadamente o copo, da garrafa mais chegada, de vinho branco, e bebeu lentamente, com a mão a tremer, a tremer... Depois, arredando os cabelos da testa úmida: – "Então que há de novo?" – Esgazeado, sem compreender, escutou, como num sonho, o recado que lhe mandava o Nicolau. Por fim, com um suspiro, remexeu uma garrafa de *Champagne* dentro do balde em que ela gelava, encheu outro copo, murmurando: – "Um calor... Uma sede!..." Mas não bebeu: arrancou o corpo pesado à poltrona de verga, e forçou os passos mal firmes para a janela, a que abriu violentamente as cortinas, depois a vidraça... E ficou hirto, como colhido pelo silêncio e escuro sossego da noite estrelada. Eu espreitei, meu amigo! Na casa da Parreira duas janelas brilhavam, fortemente alumiadas, abertas à macia aragem. E essa claridade viva envolvia uma figura branca, nas longas pregas de um roupão branco, parada à beira do terraço, como esquecida numa contemplação. Era Elisa, meu amigo! Por trás, no fundo do quarto claro, o marido certamente arquejava, na opressão da anasarca. Ela, imóvel, repousava, mandando um doce olhar, talvez um sorriso, ao seu doce amigo. O miserável, fascinado, sem respirar, sorvia o encanto daquela visão benfazeja. E entre eles recendiam, na moleza da noite, todas as flores dos dous jardins... Subitamente Elisa recolheu, à pressa, chamada por algum gemido ou impaciência do pobre Torres. E as janelas logo se fecharam, toda a luz e vida se sumiram na casa da Parreira.

Então José Matias, com um soluço despedaçado, de transbordante tormento, cambaleou, tão ansiadamente se agarrou à cortina que a rasgou, e tombou desamparado nos braços que lhe estendi, e em que o arrastei para a cadeira, pesadamente, como a um morto ou a um bêbedo. Mas, volvido um momento, com espanto meu, o extraordinário homem descerra os olhos, sorri num lento e inerte sorriso, murmura quase serenamente: – "É o calor... Está um calor! Você não quer tomar chá?"

Recusei e abalei – enquanto ele, indiferente à minha fuga, estendido na poltrona, acendia tremulamente um imenso charuto.

Santo Deus já estamos em Santa Isabel! Como estes lagoias vão arrastando depressa o pobre José Matias para o pó e para o verme final! Pois, meu amigo, depois dessa curiosa noite, o Torres Nogueira morreu. A divina Elisa, durante o novo luto, recolheu à quinta de uma cunhada também viúva, à "Corte Moreira", ao pé de Beja. E o José Matias inteiramente se sumiu, se evaporou, sem que me revoassem novas dele, mesmo incertas – tanto mais que o íntimo por quem as conheceria, o nosso brilhante Nicolau da Barca, partira para a Ilha da Madeira, com o seu derradeiro pedaço de pulmão, sem esperança, por dever clássico, quase dever social, de tísico.

Todo esse ano, também, andei enfronhado no meu *Ensaio dos fenômenos afetivos*. Depois, um dia, no começo do verão, descendo pela rua de S. Bento, com os olhos levantados, a procurar o nº 214, onde se catalogava a livraria do Morgado de Azemel, quem avisto eu à varanda de uma casa nova e de esquina? A divina Elisa, metendo folhas de alface na gaiola de um canário! E bela, meu amigo! Mais cheia e mais harmoniosa, toda madura, e suculenta, e desejável, apesar de ter festejado em Beja os seus quarenta e dous anos! Mas aquela mulher era da grande raça de Helena que, quarenta anos também depois do cerco de Troia, ainda deslumbrava os homens mortais e os deuses imortais E, curioso acaso! Logo nessa tarde, pelo Seco, o João Seco da Biblioteca, que catalogava a livraria do Morgado, conheci a nova história desta Helena admirável.

A divina Elisa tinha agora um amante... E unicamente por não poder, com a sua costumada honestidade, possuir um legítimo e terceiro marido. O ditoso moço que ela adorava era com efeito casado... Casado em Beja com uma espanhola que, ao cabo de um ano desse casamento e de outros requebros, partira para Sevilha, passar devotamente a semana-santa, e lá adormecera nos braços de um riquíssimo criador de gado. O marido, pacato apontador de Obras Públicas, continuara em Beja, onde também vagamente ensinava um vago desenho... Ora, uma das suas discípulas era a filha da senhora da "Corte Moreira", e aí na quinta, enquanto ele guiava o esfuminho da menina, Elisa o conheceu e o amou, com uma paixão tão urgente que o arrancou precipitadamente às Obras Públicas, e o arrastou a Lisboa, cidade mais propícia do que Beja a uma felicidade escandalosa, e que se esconde. O João Seco é de Beja, onde passara o Natal; conhecia perfeitamente o apontador, as senhoras da "Corte Moreira", e compreendeu o romance, quando das janelas desse nº 214, onde catalogava a Livraria do Azemel, reconheceu Elisa na varanda da esquina, e o apontador enfiando regaladamente o portão, bem-vestido, bem calçado, de luvas claras, com aparência de ser infinitamente mais ditoso naquelas obras particulares do que nas Públicas.

E dessa mesma janela do 214 o conheci eu também, o apontador! Belo moço, sólido, branco, de barba escura, em excelentes condições de quantidade (e talvez mesmo de qualidade) para encher um coração viúvo, e portanto "vazio", como diz a Bíblia. Eu frequentava esse nº 214, interessado no catálogo da Livraria, porque o Morgado de Azemel possuía, pelo irônico acaso das heranças, uma coleção incomparável dos filósofos do século XVIII. E passadas semanas, saindo desses livros uma noite (o João Seco trabalhava de noite) e parando adiante, à beira de um portal aberto, para acender o charuto, enxergo à luz tremente do fósforo, metido na sombra, o José Matias! Mas que José Matias, meu caro amigo! Para o considerar mais detidamente, raspei outro fósforo. Pobre José Matias! Deixara crescer a barba, uma barba rara, indecisa, suja, mole como cotão amarelado; deixara crescer o cabelo, que lhe surdia em farripas secas de sob um velho chapéu-coco, mas todo ele, no resto, parecia diminuído, minguado, dentro de uma quinzena de mescla enxovalhada, e de umas calças pretas, de grandes bolsos, onde escondia as mãos com o gesto tradicional, tão infinitamente triste, da miséria ociosa. Na espantada lástima que me tomou, apenas balbuciei: – "Ora esta! Você! Então que é feito?" – E ele, com a sua mansidão polida, mas secamente, para se desembaraçar, e numa voz que a aguardente enrouquecera: "Por aqui, à espera de um sujeito." – Não insisti, segui. Depois, adiante, parando, verifiquei o que num relance adivinhara – que o portal negro ficava em frente ao prédio novo e às varandas de Elisa!

Pois, meu amigo, três anos viveu o José Matias encafuado naquele portal!

Era um desses pátios da Lisboa antiga, sem porteiro, sempre escancarados, sempre sujos, cavernas laterais da rua, de onde ninguém escorraça os escondidos da miséria ou da dor. Ao lado havia uma taverna. Infalivelmente, ao anoitecer, o José Matias descia a rua de S. Bento, colado aos muros, e, como uma sombra, mergulhava na sombra do portal. A essa hora já as janelas de Elisa luziam, de inverno embaciadas pela névoa fina, de verão ainda abertas e arejando no repouso e na calma. E para elas, imóvel, com as mãos nas algibeiras, o José Matias se quedava em contemplação. Cada meia hora, sutilmente, enfiava para a taverna. Copo de vinho, copo de aguardente; – e, de mansinho, recolhia à negrura do portal, ao seu êxtase. Quando as janelas de Elisa se apagavam, ainda através da longa noite, mesmo das negras noites de inverno – encolhido, transido, a bater as solas rotas no lajedo, ou sentado ao fundo, nos degraus da escada – ficava esmagando os olhos turvos na fachada negra daquela casa, onde a sabia dormindo com o outro!

Ao princípio, para fumar um cigarro apressado, trepava até ao patamar deserto, a esconder o lume que o denunciaria no seu esconderijo. Mas depois, meu amigo, fumava incessantemente, colado à ombreira, puxando o cigarro com ânsia, para que a ponta rebrilhasse, o alumiasse! E percebe o porquê, meu amigo?.. Porque Elisa já descobrira que, dentro daquele portal, a adorar submissamente as suas janelas, com a alma doutrora, estava o seu pobre José Matias!...

E acreditará o meu amigo que então, todas as noites, ou por trás da vidraça ou encostada à varanda (com o apontador dentro, estirado no sofá, já de chinelas, lendo o *Jornal da Noite*) ela se demorava a fitar o portal, muito quieta, sem outro gesto, naquele antigo e mudo olhar do terraço por sobre as rosas e as dálias? O José Matias percebera, deslumbrado. E agora avivava desesperadamente o lume, como um farol, para guiar na escuridão os amados olhos dela, e lhe mostrar que ali estava, transido, todo seu, e fiel!

De dia nunca ele passava na rua de S. Bento. Como ousaria, com o jaquetão roto nos cotovelos e as botas cambadas? Porque aquele moço de elegância sóbria e fina tombara na miséria do andrajo. Onde arranjava mesmo, cada dia, os três patacos para o vinho e para a posta de bacalhau nas tavernas? Não sei... Mas louvemos a divina Elisa, meu amigo! Muito delicadamente, por caminhos arredados e astutos, ela, rica, procurara estabelecer uma pensão ao José Matias, mendigo. Situação picante, hem? A grata senhora dando duas mesadas aos seus dous homens – o amante do corpo e o amante da alma! Ele, porém, adivinhou de onde procedia a pavorosa esmola – e recusou, sem revolta, nem alarido de orgulho, até com enternecimento, até com uma lágrima nas pálpebras que a aguardente inflamara!

Mas só com noite muito cerrada ousava descer à rua de S. Bento, e enfiar para o seu portal. E adivinha o meu amigo como ele gastava o dia? A espreitar, a seguir, a farejar o apontador de Obras Públicas! Sim, meu amigo! uma curiosidade insaciada, frenética, atroz, por aquele homem, que Elisa escolhera!... Os dous anteriores, o Miranda e o Nogueira, tinham entrado na alcova de Elisa, publicamente, pela porta da Igreja, e para outros fins humanos além do amor – para possuir um lar, talvez filhos, estabilidade e quietação na vida. Mas este era meramente o amante, que ela nomeara e mantinha só para ser amada; e nessa união não aparecia outro motivo racional senão que os dous corpos se unissem. Não se fartava, portanto, de o estudar, na figura, na roupa, nos modos, ansioso por saber bem como era esse homem, que, para se completar, a sua Elisa preferira entre a turba dos homens. Por decência, o apontador morava na outra extremidade da rua de S. Bento, diante do Mercado. E essa parte da rua, onde o não surpreenderiam, na sua pelintrice, os olhos de Elisa, era o paradeiro do José Matias, logo de manhã, para mirar, farejar o homem, quando ele recolhia da casa de Elisa, ainda quente do calor da sua alcova. Depois não o largava, cautelosamente, como um larápio, rastejando de longe no seu rasto. E eu suspeito que o seguia assim, menos por curiosidade perversa, do que para verificar se, através das tentações de Lisboa, terríveis para um apontador de Beja, o homem conservava o corpo fiel a Elisa. Em serviço da felicidade dela – fiscalizava o amante da mulher que amava!

Requinte furioso de espiritualismo e devoção, meu amigo! A alma de Elisa era sua e recebia perenemente a adoração perene; e agora queria que o corpo de Elisa não fosse menos adorado, nem menos lealmente, por aquele a quem ela entregara o corpo! Mas o apontador era facilmente fiel a uma mulher tão formosa, tão rica, de meias de seda, de brilhantes nas orelhas, que o deslumbrava. E quem sabe, meu amigo? Talvez esta fidelidade, preito carnal à divindade de Elisa, fosse para o José Matias a derradeira felicidade que lhe concedeu a vida. Assim me persuado, porque, no inverno passado, encontrei o apontador, numa manhã de chuva, comprando camélias a um florista da rua do Ouro; e defronte, a uma esquina, o José Matias, escaveirado, esfrangalhado, cocava o homem, com carinho, quase com gratidão! E talvez nessa noite, no portal, tiritando, batendo as solas encharcadas, com os olhos enternecidos nas escuras vidraças, pensasse: – "Coitadinha, pobre Elisa! Ficou bem contente por ele lhe trazer as flores!"

Isto durou três anos.

Enfim, meu amigo, anteontem, o João Seco apareceu em minha casa, de tarde, esbaforido: – "Lá levaram o José Matias, de maca, para o hospital, com uma congestão nos pulmões!"

Parece que o encontraram, de madrugada, estirado no ladrilho, todo encolhido no jaquetão delgado, arquejando, com a face coberta de morte, voltada para as varandas de Elisa. Corri ao hospital. Morrera... Subi, com o médico de serviço, à enfermaria. Levantei o lençol que o cobria. Na abertura da camisa suja e rota, preso ao pescoço por um cordão, conservava um saquinho de seda, puído e sujo também. Decerto continha flor, ou cabelos, ou pedaço de renda de Elisa, do tempo do primeiro encanto e das tardes de Benfica... Perguntei ao médico, que o conhecia e o estimava, se ele sofrera. – "Não! Teve um momento comatoso, depois arregalou os olhos, exclamou *Oh!* com grande espanto, e ficou."

Era o grito da alma, no assombro e horror de morrer também? Ou era a alma triunfando por se reconhecer enfim imortal e livre? O meu amigo não sabe; nem o soube o divino Platão; nem o saberá o derradeiro filósofo na derradeira tarde do mundo.

Chegamos ao cemitério. Creio que devemos pegar às borlas do caixão... Na verdade, é bem singular este Alves *Capão*, seguindo tão sentidamente o nosso pobre espiritualista... Mas, Santo Deus, olhe! Além, à espera, à porta da Igreja, aquele sujeito compenetrado, de casaca, com paletó alvadio... É o apontador de Obras Públicas! E traz um grosso ramo de violetas... Elisa mandou o seu amante carnal acompanhar à cova e cobrir de flores o seu amante espiritual! Mas, oh meu amigo, pensemos que, certamente, nunca ela pediria ao José Matias para espalhar violetas sobre o cadáver do apontador! É que sempre a Matéria, mesmo sem o compreender, sem dele tirar a sua felicidade, adorará o Espírito, e sempre a si própria, através dos gozos que de si recebe, se tratará com brutalidade e desdém! Grande consolo, meu amigo, este apontador com o seu ramo, para um metafísico que, como eu, comentou Espinosa e Malebranche, reabilitou Fichte, e provou suficientemente a ilusão da sensação! Só por isto valeu a pena trazer à sua cova este inexplicado José Matias, que era talvez muito mais que um homem – ou talvez ainda menos que um homem... – Com efeito, está frio... Mas que linda tarde!

CRONOLOGIA

1845

Em 25 de novembro, nasce José Maria Eça de Queirós, na Póvoa de Varzim. Filho de D. Carolina Augusta Pereira de Eça e do Dr. José Maria de Almeida Teixeira de Queirós, Delegado do Procurador Régio em Ponte de Lima.
Em 1º de dezembro, é batizado na Igreja Matriz-Colegiada, na Vila do Conde, sendo seus padrinhos o Senhor dos Aflitos e Ana Joaquina Leal de Barros. Após a primeira fase de sua infância, passou a viver na casa de seus avós paternos, D. Teodora Joaquina de Almeida e Dr. Joaquim José Queirós e Almeida.

1855

Falece D. Teodora, e o futuro escritor é internado no Colégio da Lapa, do Porto, sob a direção de Joaquim da Costa Ramalho Ortigão, pai de Ramalho Ortigão, que ali também dava aulas.

1858

Nesse ano, já morando no Porto em companhia dos pais, faz o seu exame de instrução primária e algumas cadeiras de preparatórios, vindo a obter aprovação em outras cadeiras nos anos seguintes.

1861

Após ser aprovado em matérias de preparatórios, que lhe faltavam, matricula-se em outubro no 1º ano da Faculdade de Direito da Universidade de Coimbra. Data de então seu relacionamento com Antero de Quental, João Penha, Teófilo Braga, Manuel de Arriaga e outros.

1866

Em 23 de março, tem início sua colaboração para a *Gazeta de Portugal*, com o folhetim *Notas marginais* ao que consta, sua estreia literária. Forma-se em Direito em 22 de julho. No dia seguinte já está na casa de seus pais, em Lisboa. Em 7 de outubro, publica seu segundo folhetim – *Sinfonia de abertura* – na *Gazeta de Portugal*. Começa a advogar em um escritório de advocacia instalado na sua própria residência. Passa a frequentar os serões no quarto de Jaime Batalha Reis, à Travessa do Guarda-Mor, onde mais tarde se constituiria o *Cenáculo*. Em dezembro, é convidado a dirigir um jornal de oposição, em Évora. Funda ali *O Distrito de Évora*, cujo primeiro número circula em 6 de janeiro de 1867.

1867

Em 28 de março, começa a advogar no foro de Évora. Em 28 de julho, deixa a direção d'*O Distrito de Évora* e retorna a Lisboa. Retoma sua colaboração na *Gazeta de Portugal*, com o seu 12º folhetim: *O milagre*. Volta a frequentar o quarto de Jaime Batalha Reis, onde então se organizou o centro de atividade intelectual a que chamaram *Cenáculo*. O grupo era formado, além do proprietário do quarto e de Eça, por Santos Valente, Mariano Machado de Faria e Maia, Salomão Sáraga e José Eduardo Lobo de Moura e, mais tarde, também por Antero de Quental e Ramalho Ortigão.

1869

Em 29 de agosto, publicam-se, na *Revolução de Setembro*, os primeiros versos de Eça, sob o pseudônimo de Carlos Fradique Mendes. Em 23 de outubro, parte em viagem, com o Conde de Resende, passando por Cadiz e Malta, aportando no Egito, onde assiste, em 17 de novembro, à inauguração do Canal de Suez. Viaja pelo Oriente Médio, só voltando para Lisboa em 3 de janeiro de 1870.

1870

Entre 19 e 21 de janeiro, publica-se no *Diário de Notícias* uma série de folhetins sob o título *De Port Said a Suez*. Em 13 de abril, veicula-se na *Revolução de Setembro*, o primeiro folhetim de *A morte de Jesus*. É nomeado administrador do Conselho de Leiria em 21 de julho. No dia 24 do mesmo mês, Eça publica no *Diário de Notícias* o primeiro folhetim de *O mistério da estrada de Sintra*, romance folhetinesco em colaboração com Ramalho Ortigão. No mês de setembro faz provas para cônsul de primeira classe, conquistando o primeiro lugar. Contudo, acabou preterido pelo segundo colocado, que foi ocupar a vaga que então se dera na Bahia.

1871

Começa a circular o primeiro número de *As farpas*. É exonerado do cargo de administrador do Conselho de Leiria. Em 12 de junho, profere a quarta conferência do Casino, acerca da "A Nova Literatura ou o Realismo como Nova Expressão de Arte"; a série das conferências se iniciara a 22 de maio, com Antero de Quental.

1872

Em 16 de março, é nomeado cônsul de primeira classe em Havana, para onde segue em 9 de novembro.

1873

Entre os meses de maio e novembro, realiza uma viagem aos Estados Unidos, em missão oficial.

1874

Circula durante o mês de janeiro *Brinde aos Senhores Assinantes do Diário de Notícias* com a inserção de "Singularidades de uma rapariga loira". Em 29 de novembro, transfere-se para o consulado de Newcastle upon Tyne, na Inglaterra.

1875

Publica-se *O crime do Padre Amaro* nos primeiros fascículos da *Revista Ocidental*.

1876

Publicação em livro de *O crime do Padre Amaro*, em segunda versão.

1877

Começa a escrever para o jornal *A Atualidade*, do Porto, com as "Cartas de Londres", matéria que se prolongou até 21 de maio de 1878.

1878

Publica-se *O primo Basílio*. Em 30 de junho, é transferido para o Consulado de Bristol.

1879

Inicia a sua colaboração para o jornal fluminense *Gazeta de Notícias*. Publica na revista *Renascença* artigo sobre Ramalho Ortigão.

1880

Durante os primeiros meses, passa férias em Portugal. Em 22 de maio, *O Diário de Portugal* anuncia a conclusão do livro *Os Maias*. O mesmo jornal, em 7 de julho, publica o primeiro folhetim do conto fantástico "O mandarim".
Publica em 29 de dezembro, no jornal *O Atlântico*, sua carta "Brasil e Portugal", resposta a um artigo de Pinheiro Chagas, no mesmo diário.

1883

É eleito sócio da Academia Real das Ciências em 26 de abril.

1884

Em agosto, trabalha no livro *A relíquia*.

1885

Conhece Émile Zola, em Paris, acompanhado por Mariano Pina, regressando a Bristol.

1886

Casa-se em 10 de fevereiro com D. Emília, no oratório particular da Quinta de Santo Ovídio, no Porto.

1887

No mês de junho, é lançado o livro *A relíquia*, anteriormente publicado em folhetins na *Gazeta de Notícias*, do Rio de Janeiro. Com esse romance, concorre ao prêmio "D. Luís I", da Academia Real das Ciências, prêmio vencido por Henrique Lopes de Mendonça, que escrevera *O Duque de Viseu*.

1888

Em junho, o romance *Os Maias* é publicado. *O Repórter* passa a publicar *A correspondência de Fradique Mendes*. No mês de setembro, é transferido para Paris, por interferência de Oliveira Martins, assumindo o consulado.

1889

Em julho, sai o primeiro número da *Revista de Portugal*, dirigida por Eça de Queirós, onde foi publicada a versão definitiva das *Cartas de Fradique Mendes*.

1892

Habitando na Quinta de Santo Ovídio, publica o último número da *Revista de Portugal*.

1897

Começa a publicar, na *Revista Moderna de Paris*, *A ilustre casa de Ramires*.

1900

Adoece em julho na capital francesa. Parte para a Suíça, na companhia de Ramalho Ortigão, em busca de melhora, sem êxito. Retorna a Paris e, cercado da esposa e dos quatro filhos, morre em 16 de agosto. Seu sepultamento se deu no Cemitério do Alto de São João, em Lisboa.

BIBLIOGRAFIA

O crime do Padre Amaro. Edição definitiva. Lisboa: Tip. de Castro & Irmão, 1876.

O primo Basílio. Porto: Chardron, 1878.

O mandarim. Porto: Chardron, 1881.

A relíquia. Porto: Chardron, 1887.

Os Maias. Porto: Chardron, 1888.

Uma campanha alegre. Lisboa: Companhia Nacional Editora, 1890-1891.

A ilustre casa de Ramires. Porto: Chardron, 1900.

A correspondência de Fradique Mendes. Porto: Chardron, 1900.

Dicionário de milagres. Lisboa: Parceria Antonio Maria Pereira, Livraria Editora, 1900.

A cidade e as serras. Porto: Chardron, 1901.

Contos. Porto: Chardron, 1902.

Prosas bárbaras. Porto: Chardron, 1903.

Cartas de Inglaterra. Porto: Chardron, 1905.

Ecos de Paris. Porto: Chardron, 1905.

Cartas familiares e bilhetes de Paris. Porto: Chardron, 1907.

Notas contemporâneas. Porto: Chardron, 1909.

Últimas páginas. Porto: Chardron, 1912.

A capital. Porto, Liv. Chardron, 1925.

O Conde de Abranhos. Porto: Lello & Irmão, 1925.

Correspondência. Porto: Lello & Irmão, 1925.

Alves & Cia. Porto: Lello & Irmão, 1926.

O Egito. Porto: Lello & Irmão, 1926.

Cartas inéditas de Fradique Mendes e mais páginas esquecidas. Porto: Lello & Irmão, 1929.

Novas cartas inéditas de Eça de Queirós. Rio de Janeiro: Alba Editora, 1940.

Crônicas de Londres. Lisboa: Editorial Avis, 1944.

Cartas de Eça de Queirós. Lisboa: Editorial Avis, 1945.

Obras completas. Edição do Centenário. Porto: Lello & Irmão, 1945.

Eça de Queirós entre os seus. Porto: Lello & Irmão, 1949.

Obras. 3 volumes, em papel bíblia. Porto: Lello & Irmão. s.d. Editores.

Obras. 15 volumes. Lisboa: Livros do Brasil. s.d.

A tragédia da rua das Flores. Lisboa: Livros do Brasil, 1980.

O mistério da estrada de Sintra. Lisboa: Parceria Antonio Maria Pereira, 1870.

"[...] li muitos livros de cavalaria quando era menino, e, por volta dos catorze anos, entusiasmei-me com Bernardim [Bernardim Ribeiro], e depois até com Camilo. Ainda continuo a gostar de Camilo, mas quem releio permanentemente é Eça de Queirós (quando tenho uma gripe, faz mesmo parte da convalescência ler *Os Maias*; este ano já reli quase todo *O crime do Padre Amaro* e parte da *Ilustre casa de Ramires*). Camilo, leio-o como quem vai visitar o avô; Eça, leio-o como quem vai visitar a amante."

Guimarães Rosa

"Eça de Queirós é uma das figuras mais proteicas da literatura universal. Brilha em muitos reflexos, como o seu Fradique Mendes; e qualquer definição que pretenda ser exata será incompleta e unilateral."

Otto Maria Carpeaux

"O seu êxito enorme foi devido em boa parte a ter ele atingido plenamente os semicultos e até os incultos, pois é desses raros escritores eminentes dotados de uma inteligibilidade que os torna acessíveis aos graus modestos de instrução, como Fielding ou Thackeray."

Antonio Candido

"Nenhum outro escritor [português] – com a possível exceção de Cesário Verde – inovou tanto quanto ele [Eça]. A nossa língua é, ainda, a dele. É por isso que os seus escritos resistiram ao tempo. O seu riso revive nos sorrisos que, ao longo dos anos, foi despertando e, porque fizeram correr outras lágrimas, as suas lágrimas não secaram.
Ao criar uma língua nova, ao dar-nos um mundo diferente, Eça modificou a forma como os portugueses se viam. À sua maneira, acabou por contribuir para a modernidade do país onde nascera."

Maria Filomena Mónica

"[...] não é preciso ser um eciano contumaz para estar lendo Eça de Queirós em obras que não são as dele: ser um clássico, para utilizar uma ideia de Italo Calvino, é fazer parte, mesmo *in absentia*, da circulação sanguínea de uma literatura."

João Alexandre Barbosa

"[...] ele persegue a cor até ao limite em que confunde com a luz, intentando com a pena aquilo que os pintores impressionistas – como Manet ou Monnet – quiseram obter com o pincel."

António J. Saraiva

Impressão e Acabamento
Bartira
Gráfica
(011) 4393-2911